その後とその前

瀬戸内寂聴　さだまさし

JN247340

幻冬舎文庫

その後とその前

構　成　石川拓治
本文デザイン　芥　陽子(note)

その後とその前　目次

第一章　生きるために捨てる。

第二章　想像できない苦しみがあることを知る。

第三章 感謝して生きる。

第四章 許されて生きる。

第五章 生きるために忘れる。

（**本書を読む前に**。この対談集は、東日本大震災の後と大震災の前に行われた対談を、交互に読んでいただけるように構成してあります。大震災の前と後で、私たちの考え方や感じ方の何が変わってしまったか、そして何が変わらないかを意識しながら読んでいただけるように、大震災後の対談は**その後**、大震災前の対談は**その前**と表記しました。話が飛んで読みにくいと感じる方は、**その後**あるいは**その前**だけを拾い読みしていただけますようお願いします。）

第一章

生きるために捨てる。

二〇一一年の大震災から半年余り過ぎた夏の終わりのある日。京都某所の鄙(ひな)びた料理屋に、瀬戸内寂聴とさだまさしの姿があった。二人はその一年半前に嵯峨野の寂庵[*1]で初めて対談をしていた。近いうちに再会することを約して別れた二人だったが、多忙な二人のスケジュール調整に手間取っているあいだに、あの震災が起きてしまったのだった。久々の対談は、そのあいだに脊椎(せきつい)を圧迫骨折した寂聴の身を気遣うところから始まった。

001　その後　原発ショック立ち。

さだ　本当にお元気になられてホッとしました。

寂聴　ええ、ここのところまた忙しくなってしまいましてね。だから、寝てた頃が懐かしくて。また病気になりたいって、今言ってたところ（笑）。

さだ　いや、ダメですよ、そんなことおっしゃっちゃ。そんなとんでもないです。お元気でいていただくのが何よりですので。

寂聴　（笑）それで、この前のあなたとの対談を原稿に起こしていただいて、ずっと読んで赤を入れてるんですけどね。面白いねえ、あれ。

さだ　同感です。

寂聴　あんなに面白いと思わなかった（笑）。

さだ　あれからもう一年半経（た）ってしまいました。

寂聴　いろんなことがあったわねえ。

さだ　（深く頷（うなず）く）

寂聴　だからね、今あの対談の原稿を読んだらね、本当にのどかで、なんだか楽しいんですよね。私たちはなんてのどかで、平和な時代に生きていたんだろうって。つくづくそう思いました。一年半前のことなのにね。あのあとに東日本の震災があったでしょう。それで、何もかもがまったく変わってしまったのね。まったく違う世の中になってしまったみたい、私たちの考えも違ってしまったでしょう？

さだ　本当に、そうですねえ。

寂聴　本当に、何もかもが違ってしまったんだなってことを感じました。さださんは、いろんなことなさっていらっしゃるようですね。被災者の方たちのために……。

さだ　まあ、動けるうちにと思いまして。

寂聴　私もあさってからまた東北に行くんですよ。でも、お忙しいでしょう？　私も忙しいけど、何倍も忙しいでしょう？

さだ　休みの日にできるだけ被災地を歩こうと思うので、余計に忙しくなりますね。あっちもこっちもと欲張るから、スケジュールが大変なことになってしまって。

寂聴　おいくつだったかしら。

さだ　五十九です。

寂聴　ああ、じゃあ、忙しくて当たり前よ（笑）。私も六十ぐらいまで走り回ってましたから。だって『源氏物語』[*2]やったのが七十からですよ。

さだ　ええ、そうなんですか？

寂聴　はい。だから、八十歳になってからも、またいろいろなこと始めましたからね、五十九歳なんてまだまだこれからよ。

さだ　そのお言葉、勇気づけられます（笑）。ありがとうございます。寂聴さんは、三月十一日の震災の日はどちらにおいでだったんですか。

寂聴　家にいました。そのときまだ体が悪くて動けなくって、ベッドにずっと寝ていたときなんです。それで、あの地震にはまったく気がつかなくて、テレビを見て知りました。

さだ こちらの方は、あまり揺れはなかったですか。

寂聴 京都はあんまり揺れなかったみたいですね。少しは揺れたのかもしれないけど、私鈍いから（笑）、大抵のことは気づかないんです。でもね、寝ながらこうやって横目でテレビ見てたら、もうすごいことになってるでしょう。これは大変だと思いました。津波の映像が、テレビ越しに見ていてもあんなに怖いんですからね。

さだ あれは、怖かったですねえ。

寂聴 でもね、そこまではまだこれは天災だって感じでした。ところがそれから二、三日したら今度、原発の騒ぎでしょう。そのときは本当にビックリしてね、それまでベッドに寝たきりで、何もできなかったのに、気がついたらベッドから降りてすっくと立っていたんですよ。去年の十一月に寝込んで以来、自分の足で初めて立ってたの。

さだ 原発の事故を知ったときに？

寂聴 はい、原発の事故の話を聞いたときね、もうハッと思った拍子に立ってた。「原発ショック立ち」です。

さだ　それは、どういう心境だったんですか？　居ても立ってもいられないという気持ちですか。

寂聴　やっぱり、震災は大変なことだったけれど、原発はもっと大変だと思ったのね。だって天災じゃないですよ。原発は人災ですから。人間が起こしたことですから。人間があんなにひどいことをやってしまった。何万人という方たちが、故郷を追われて、避難しなければならなくなったわけでしょう。

私は終戦の年に二十三歳だったけれど、北京（ペキン）にいましたからね、空襲を知らないんです。広島と長崎の原爆の本当の怖さも日本に戻ってから知りました。向こうじゃわからないでしょう、「何か変わった爆弾が落とされたみたい」ぐらいの情報しか入ってきていなかったから。それで、中国から引き揚げてきたとき、夜中に汽車で広島を通ったら、もう、そのときの列車なんて窓ガラスなんかないのね、壊れてて。

さだ　ああ、まったくないんですね。

寂聴　ええ。それで、そのガラスの入っていない列車の窓からこうして、広島の町の方をすかして見たんだけど、夜中だから真っ暗なんですよね。真っ暗なんだけれども目をこらしたら、その真っ暗の中で広島には本当に何もないってことがわかるんですよ。なにひとつなくなってる。ああ、これが地獄の姿なのかなと思うくらい、心底怖かったですね。戦時中に北京に行く前に、結婚した私の相手の親友が広島にいて、そこへわざわざ寄って一晩泊めてもらって、すき焼きなんか食べさせてもらった思い出があるんです。だから、それもバーッと思い出しましてね。もうその人たちもどうなったかわからないでしょう。それで、私たちも着の身着のままで帰ってきましたからね、何も持たないで。だから、もう本当に世の中が変わったってことが、あの広島を通ったときにわかりましたね。

さだ　そのときに匹敵するほどのショックだったたってことですか。

寂聴　そう。だって、そのあと、いかに原子爆弾が怖いかってこと、いろいろわかったじゃないですか。長崎のこととかね。物を書くようになって、またいろいろ読んだりもしたものだから。それで、もうこんなことは二度と日本にあるはずはないと思ってたの。そしたら今度のことでしょう。だから、これはやっぱり大変なことだと思ったんでしょうね。気がついたら立ってるんですよ（笑）。半年ぶりにね。去年の十一月のはじめからずっと寝てたんですけれどね。

さだ　ショックで立ってしまったんですね。

寂聴　そうなんです。これはもうただごとじゃないなと思って。まあ、それからまたすぐに寝ましたけどね（笑）。でも、たしかに立っちゃったんです。

さだ それほどの衝撃だったんですね。

寂聴 衝撃だったんです。だから、原発ショック立ちって呼んでる（笑）。

さだ 戦争のときのことを思い出されましたか？　広島を通ったときのことと、実際被災地に行かれたときのことって重なりますか？

寂聴 いや、まったく違いますからね。人間は忘れるから。広島のことなんてもう六十何年前でしょ。だから、それは見たことはちゃんと覚えてますよ、写真みたいにちゃんと頭にありますよ。だけど、それは今のことのほうが衝撃的ですよ。だってもう戦争は済んだことだもの。

さだ 今まだ続いてますもんね。現在進行形。福島のことさえなければ、もうちょっとは前向きに頑張れるけど。福島が喉（のど）に刺さった魚の骨みたいになってる。

寂聴 そうそう。それでね、寂庵で新聞出してるでしょ、「寂庵だより」[*3]っていう。それでそのスタッフの女性が福島へ行ったんですよ。それで向こう（原発）で働いてる人たちが普段温泉にいるの、そこから通っているの。その温泉に行ってその人たちに会ってきたんです。大体新聞記者とかマスコミの人は嫌いだから皆嫌がるんだけど、うちの彼女はね、子供もあって相当に年なんだけど見た目に若いんですよ、それで若ぶった格好して行ったら、ちょっとちょっと来い来いって言うらしいんですよ、退屈してるから。それでいろんなことをしゃべってくれるんだけど、彼らはね、自分は悪いことしてないって、日本のために日本を守るために必要だからここで働いてるんだ、それを危険なことをしてるだとか、しないほうがいいとか、そういうことを簡単に言わないでほしいって言うんですって。自分はお前たちのために働いてるんだよ、って言うんですって。それで、危険なことはないって言うから、どうしてですか、って聞くと、どんなことをしたら危険な目にあうかっていうのは、最初に勤めたときに徹底的に教育されるって。だからそれで病気になったりどうかするのは、それを守らなかったヤツだって。危険じゃないって言い張るんですって。それで、お金は世間で言うようにそんなにたくさんもらってないって。だけども自分たちはちゃんと理想を持って勤めてるっていうふうなことを言うんですって。だけどもね、最後に別れるときに魚は食うなよ、って言うんですって（笑）。魚は絶対食うなよって、それでね、自分も食べてないって、家族も食べさしてないって言うんだって。そしたら話が全然違ってくる。そういうふうに言わないと自分が持たないからでしょ。

さだ　本当にこれは難しくて根深い問題ですよね。

その約一年半前の二〇一〇年春（東日本大震災の起きる一年前）、京都嵯峨野の寂庵に、さだまさしは両腕に抱えきれないほどの赤いバラの花を抱えて現れた。そして、ひざまずきこそしなかったけれど、あたかも騎士が貴婦人に花束を捧（ささ）げるがごときシーンから瀬戸内寂聴との初めての対談はスタートした。

002 その前 捨てる勇気。

さだ 僕は先生に……。

寂聴 先生はやめましょうよ。普通に、名前で呼んでください。

さだ 恐れ入ります。恐れ多いですけど、寂聴さん、わかりました。僕は寂聴さんに聞きたいこと、たくさんあるんです、もういっぱいあります（笑）。

寂聴 何でも聞いてください。

さだ 僕ら、こんなふうに物をぱっと捨てられませんから。捨てられない世代がいっぱいいるんですよ。今、みんな捨てられないんですよね。捨てられなくて困ってる人がたくさんいる。

寂聴 私も捨てられないです。

さだ (かなり驚いて) えっ、そうなんですか?

寂聴 やっぱりね、だってあなたより年がずっと上ですからね、私たちの世代はもう戦争の真っ最中でしょ。だから、物を捨てるなんてことは、そんなもったいないことはしなかったですよ。女学生の時は靴下履いてるじゃないですか。黒い木綿の靴下。それが破けますね。そうすると電球をね、靴下の中へこう入れましてね、それで、こうやって繕ったのを覚えてます。

さだ ああ、靴下を伸ばして……。

寂聴 電球入れて、そしたら、そこから破れが出るじゃないですか。その上に端切れをあてて繕うんです。

さだ そういう捨てられなさは本当に貴いと思うんですけど、僕らは欲が捨てられないんですよ。要するにもう、例えば寂聴さんみたいに何もかも捨てて出家をするというような大胆な捨て方は、女性だからできるんですかね。それとも、やっぱりお人柄

寂聴　なんですかね。男には無理だと思いますね、僕は。

さだ　いや、そんなことはないと思います。だって昔から立派な男の人、いっぱい出家してますからね。

寂聴　もともと出家する段階が違うんじゃないですかね。

さだ　私の場合はね、もうみんな……。

寂聴　だって地位も名声もあったわけじゃないですか、すでにそのときに。

さだ　それがもういやになったんですよ、ちょうどその頃。とにかく仕事はいくらでも来るんですよね。それで、一人だからやっぱり仕事したらお金もたまってきますよね。それで、着物なんか似合いもしないのにたくさん買って着てね（笑）。

寂聴　似合いもしないのにってことはないですけど（笑）。

さだ　要するにお金の使い途がないんですよね。それで、好きな男ができたら、やたら貢ぐんですよ。それでも、まだ残りますわね。

寂聴　うーん、素晴らしいですね。理想的な女性ですね（笑）。

さだ　（笑）それで、好きなものも食べられるしね、行きたいところに行かれる。だけど、そういう何かすべて手に入るとね、本当に虚しいですよ。だから、まあ、男も、じゃあ二人から三人に増やそうなんて、そんな精力はないです（笑）。

さだ　（笑）

寂聴　そうすると着物だってね、だって五十枚も着て死ねないしね。

さだ　ああ、本当ですねえ。

寂聴　だから、なんでこんな無駄なことするかなと思いましたね。そして、小説はやっぱり書くと、あなたの場合はどうかわからないけど、私のような仕事はコツってのがあるでしょ。だから、コツを覚えちゃうんですよね。こう書けば当たるとか、こう書けば読んでくれるとかね。

さだ　それはもう僕らの境地ではないです。もうずっと高い境地ですね。素晴らしいです。

寂聴　いやいや、境地なんてそんな高いもんじゃなくて（笑）、とにかく注文が来たら一生懸命書いて、「はい一丁上がり、はい一丁上がり」ってそういう感じなんですよ。そうすると、なんかそれは私が求めてたものと違うんですよね。

さだ　流れ作業みたいになっていくわけですか。

寂聴　そうそう。それがいわゆる流行作家でしょう？　だから、新聞を開けたら必ず広告の中に私の名前がある。雑誌を開けたら必ずそこに名前がある。それ、はじめはね、一行出たらうれしくてうれしくて、それを持って町歩きたいぐらいだった（笑）。

さだ　（笑）

寂聴　本だって最初に出たときは、わざわざ本屋へ行って、自分で何冊買ったかわからない（笑）。

さだ　わかります。それはわかります。僕もいっぱい買いました。

寂聴　もう一生懸命買って歩くんです。

さだ　はい、あちこちの本屋でね（笑）。

寂聴　そうそう（笑）。そういう感激が、まったくなくなっちゃったの。そのことにふっと気がついたら、何やってんだと思って非常に虚しくなったんです。それで、これはもう徹底的に自分を改造しなければダメだと思って、これじゃ腐っていくと思いましてね。そこから出家の方向に行ったんですけどね、これがまた、いろんな人に聞かれるでしょう。なぜ出家したか。もう何千回聞かれたかわからないんですよね。そのたびに、こんな真面目な話、したくないじゃないですか。

さだ　それはそうですね（笑）。

寂聴　それで、いい加減なこと言ってるでしょ。そのうち、もうあんまりくたびれて。——ふっと気がついたら、身の上相談に来る人が四十八、九が一番多いんですよ。私、出家したのは五十一ですからね。そりゃ五十くらいから考えてました、密（ひそ）かにね。

さだ　更年期の頃ですね。

寂聴　そうそう。それ、更年期なんです（笑）。だから、ふっと「更年期のせいじゃない？」って言ったんですよね。

さだ　（笑）

寂聴　それ冗談で言ったんですよ。そしたら、相手が「ああ、なるほど」って即、納得した。あ、これ便利だなと思って（笑）。

さだ　便利だなって（笑）。

寂聴　それでね、みんなにそう言うことにしたら、みんな納得するの。「更年期で一つのことをずっと思い詰めるじゃないですか。だから、それじゃない？」。そうすると、言ってるうちに本当にそうだったかもしれないと思うようになってきたの（笑）。

さだ　ああ。でも、何か思い切って環境を変える。ただ環境を変えるというのは僕らの場合には引っ越しをしてみたり……。

寂聴　私、引っ越しは年の数だけしてます。

さだ　ああ、引っ越し魔なんですね。

寂聴　引っ越し魔なの。二年持たない。

さだ　一箇所がいやになるんですか。

寂聴　そう、いやなの。一つ仕事をするでしょ。そうすると、ふっと「ああ、もういやだ」と思うんですね。そうすると違うとこに引っ越したくなる。

さだ　わかるなあ。

寂聴　わかるでしょ？

さだ　僕はコンサートで年中旅をしておりますでしょ。ですから救われてるんです。

寂聴　ええ、わかる、わかる。

003　その後　テレビの津波と本物の津波。

寂聴　さださんはあの日はどこにいらしたんですか？

さだ　三月十一日ですか？　僕は東京におりまして、レコーディングスタジオで曲作りをしていたんです。で、ミシミシッと揺れたときに、スタッフが、「一応外へ出ましょう」って。地下三階にいたもんですから。地下三階から階段を駆け上がったんですけど、そのときに、やっぱり自分の足を自分で踏むほど揺れてましたね。真っすぐ歩いているつもりでも、自分で自分の足を踏んでしまうというくらいの勢いの揺れで、地上にようやく上がったんですけど、地上の方がまだ揺れてるんですよ。東京は震度五強だったんですけども、東京タワーのすぐ近くのスタジオだったんですが、肉眼で東京タワーが揺れるのがはっきり見えましたですね。最後曲がりましたもんね、先端が。そのときに、「ああ、これ、震源地が東京だったらいいけどなあ」って思ったのをよく覚えてます。もし、これがほかの町が震源地で、それでも東京がこれだけ揺れてたら、その町はどうなってるだろうと。で、まずパッと頭に浮かんだのは東南海でした。静岡とか、名古屋とか。

寂聴 そうそう。静岡、名古屋は地震が来るってずーっと言われてましたね、長い間。

さだ ええ、ずーっと言われ続けて。ですから、「うわ、静岡、名古屋だったらこれ大変だな」と思って、地震がおさまってから地下のスタジオに下りたら、東北だったんですね。それも、よく聞いたら、三つの地震が連鎖的に起きてたって。しかも、震源が海の中だったから津波があんなに大きくなって。あの津波の映像は、ほんとうに……。

寂聴 私たちはあのときテレビでしか見ていないけれど、でも、その後に実際にその現地へ行ったんですけど、テレビだとどんな大きな津波でもこれぐらいでしょう？（と、両手を肩幅くらいに広げる）。せいぜい大きくたってこれぐらいでしょう？（最近の五十インチくらいの大型液晶テレビの幅に思い切り広げる）。ところが、現地へ行ったら、それがずーっとどこまでも……。視野が広がる。

さだ もう見える範囲の景色の全部ですからね。

寂聴 現地にいる人のことを思ったらね。ああ、これはもう本当に怖かっただろうと思いました。

さだ 本当にそうです、僕らは想像するしかないんですけれども。僕、『鶴瓶の家族に乾杯』という番組[*4]の主題歌を書かせていただいたんですけど、毎週流れてるんですが、その歌、気仙沼で作った歌なんです。ですから、その歌を早く気仙沼の人に、気仙沼に持っていって歌いたいと思ったんです。でも、気仙沼は火災が発生しましたから、僕が行こうと思った時期にはまだ会場が用意できなかったんです。それであの湾の中に気仙沼大島という島があるんですが、そこは小学校、中学校がかろうじて残っていたので、そこへ入ったんです。六月九日の日ですけども。気仙沼大島で津波の災害を逃れた船が一艘(そう)だけありまして、菅原進さんとおっしゃる船長さんに帰り送っていただいたんです。菅原さんの船だけがどうして助かったのかというと、年寄りに「津波が来たら海へ逃げろ」と言われていたことを思い出して、地震のすぐあとに船のエンジンをかけて沖へ出たんだそうです。そしたら、普段見えていた太平洋がまったく見えないんですって。つまり二十メートルの津波がもう島に押し寄せてきていて、その波を真っすぐ越えようとしたら船がひっくり返されるんで、二十五ノットですから時速四十六キロぐらいですか、それくらいのスピードで斜めに二十メートルの波を登り切ったところで波をかぶったんですって。「ああ、やられた」と思ったら、船の前がパーッと開けて、「あ、助かった」って津波の向こう側を滑り下りるときに、「いやあ、助かった」ってガッツポーズをしかけてふと沖を見ると、三十メートルの津波の第二波が迫ってたそうです。そういう津波が六波来たそうです。

寂聴 うわあ。

さだ 菅原さんは、その六つの津波をなんとか全部乗り越えて助かったんですって。船を守るためには、津波を乗り越えて沖へ逃げなきゃいけないわけです。港にいたら、津波でそのまま陸に持ち上げられてしまいますから。で、津波が終わったからといって、すぐに帰ってはいけないと教わってたんだそうです。やっぱり引き波がありますから、いろんなものが流れてくるんで、それに当たったりするんでじっとしてろと。沖で一夜を明かして島に戻ったときには、気仙沼大島の船で残ってるのは自分の船だけだったそうです。それで、ボランティアで島の人を気仙沼に送り、気仙沼のボランティアを島に運び、ということを、一人でずーっとされていた。まあそりゃ大島も大変なことになってました。フェリーなんか打ち上げられて。

寂聴　そうそう。もうひどいですね。

さだ　ひどかったですね。

寂聴　私も六月になってやっと行ったら、船がもう真っ二つになってるのね。

さだ　本当ですね。

寂聴　ああいうの、もうよくぞあそこまで割れると思いましたけどね、そういう壊れた船がもういっぱい、あたりいっぱいでしょう?

さだ　石巻あたりはもう、家と家との路地のあいだのところに、車と船が重なり合ってましたから。

寂聴　そうそうそう。

さだ　もう本当に、それほどひどかったんですね。

寂聴　すごいですねえ。

さだ　あれでよく生き残った方おられましたねえ。

寂聴　これはテレビで見たんですけど、生まれたときから漁師の家に生まれて、ずっと漁師をしていたその人が、船がなくなって、それで、もう本当に呆然(ぼうぜん)とした顔でね、「船があったら。海がそこにあるのに。海に行かれない。あの船があったらなあ」って涙浮かべてね、大の男が嘆いてるのがテレビに映ったんですよ。だから、私、船あげたいな、船って一ついくらぐらいするのかなと思って（笑）。

さだ　本当ですね。

寂聴　なんとかして船をあげたら、この人どんなに喜ぶかしらと思って調べていただいたら、高いのね、船ってね。一隻が三億とかなんとかっていうの。びっくりして諦めたんですけど、本当になんとかならないものかなあって。

さだ　はい、本当にそうです。このあいだ、漁師さんが、網を編んでも使い途がないので、ボランティアの人に言われて漁師網と同じ素材でハンモックを編んで、それをささやかにお金に換えるというのを始めた人があったそうですけどね。……宮古、山田、それから大槌(おおつち)、釜石、大船渡、陸前高田、気仙沼と僕ずーっと歌って歩いてきたんですけど、もうあの海際の平らな町は、本当にひどい被害を受けてました。

004 その前 落ち着きのない子と優等生。

さだ 僕は子供の頃から、小学校の一年生から六年生の最後まで、十七回、家庭通信欄に「落ち着きがない」って書き続けられた子供なんですよ。でも、僕は、僕の勝手な勘ですけど、寂聴さんもそういう落ち着きのなさがあった子供だったんじゃないかな、というふうに拝察するのですが……。

寂聴 いや、私はね、優等生だったから。優等生だったのよ私（笑）。

さだ 落ち着きがなくて、あっちウロウロ、こっちウロウロしてませんでした？

寂聴 いや、違う。優等生だから、こうデンと座って。

さだ 本当ですか、それ。

寂聴 本当よ（笑）。

さだ そうですか（ちょっとガッカリして）。

寂聴 （笑）だからね、その優等生がいかにつまらないかってことに気がついたんですよ。

さだ　その頃からもう不良に憧れてた。

寂聴　女の子はなんで小さい頃って不良に憧れるんでしょうね。

さだ　憧れる、うん。

寂聴　なぜですか、それ。

さだ　いや、それはね、不良って、自分のできないことをしてるでしょ。

寂聴　あ、そういうことか。

さだ　先生の言うことなんか聞かないし、それがうらやましくてしょうがない。優等生ってことは平均点が取れるわけ。だから、何でもできるの。何でも八十点ぐらい取るでしょ。そしたら一番になるんですよ。だけど、その不良とか、それからクラスに、ほかのこと何もできないのに絵を描いたら一番とかあるじゃないですか。

寂聴　やたら足が速かったり。

さだ　そうそう、走ったら一番とかね。そういうのがうらやましくて。

寂聴　できる者の悩みですね。それはできない奴はね、一科目でいいから八十点取りたいんですよ。

さだ　(笑)

寂聴　自己顕示欲もあるし、やっぱりプライドもあるから、何かに自分を見出(みいだ)そうという、そういう差別化がありましたね、昔は。今、全部押しなべて、ならしていきますよね、子供たちを。

寂聴 あれも間違ってますよ。

さだ ですよね。

寂聴 だって、走ってってね、徒競走のとき、あ、旧いね私たちの時代か（笑）。徒競走して一番になったらいけない。みんな揃ってゴールに入れ。そんなバカな話ってないでしょう。

さだ ねえ、本当ですねえ。

寂聴 そんなのもう本当に間違ってますよ。やっぱり一生懸命走った者が一番。

さだ 私の故郷の長崎の佐世保から始まったようなんですけどね。

寂聴 そうなんですか。

さだ 幼稚園でね、平等にやろうといって。

寂聴 あら、そう。佐世保ってもっと進歩的かと思ってた（笑）。

さだ そうです。佐世保って進歩的なんです。進歩的なのが空回りして、そういうことをしたりするときあるんです。佐世保の人って面白いなと思ったのは、還暦式というのをやったんですよ。僕が広島[*5]の原爆の日に長崎でコンサートをずっと毎年二十年やったんですけど、それを聴きに来てた佐世保の、僕よりちょっと上の方なんですけど、還暦の前後の人が集まって第二の人生の成人式のように還暦式をやって、これから社会に何をしていくかちょっと責任取らないかんというんで、還暦式というのを佐世保でやったんです。もう三年ぐらい前のことですけどね。

寂聴　へぇー。

さだ　面白いこと考えるなあと思いましたね。還暦になったらみんな集まって、これから社会に対してどう責任取っていくかみんなで考えようって会を。いいもんだなと思いましたけどね。これからは自分のこと棚に上げて、とりあえず、さあ、社会をどうしていくか、何ができるか考えようって会をやった人たちがいましたね。

寂聴　それ真面目ぶっててておかしいね（笑）。

さだ　そうそう。で、たいしたことしないんです（笑）。

寂聴　（笑）だって、佐世保っていったら、井上光晴さんがそうでしょう？　それから村上龍さんがそうでしょう？　だから、やっぱりうるさいのが出てるじゃない（笑）。

さだ　（笑）

寂聴　美輪明宏さんも長崎でしょ。

さだ　美輪さんもそうですよね。だけど、還暦式もいいですけど、寂聴さんみたいに例えば出家をするというような思いきったことは、なかなか五十歳の男にはできないと思います。

005 その後 作家の寿命。

寂聴 私の友達に、津村節子[*6]さんっていう作家がいます。彼女の旦那さんが吉村昭さんなんです。それで、今、吉村[*7]さんの本がどんどん売れているでしょう。

さだ そうですねえ。

寂聴 すごいブームになってるらしいのね。それで、吉村さん亡くなる前にね、奥さんの節子さんに「俺(おれ)が死んだら、税金がたくさんかかってくる。そのとき払えないから、この家を売って払いなさい」って遺言していたんだって。ところがどんどん印税が入ってくるから、家を売らなくてよくなっちゃったって(笑)。「吉村は知らなかったのよ」なんて言って節子さん笑ってましたけど。吉村さんが亡くなって、そろそろ五年でしょう。そんなに経って、本がベストセラーになるなんてことはまずない

さだ の。日本の作家ってね、死んで二年持たないんですよ。

寂聴 え、ほんとですか？

さだ よく覚えときなさいね（笑）。

寂聴 はい、肝に銘じます（笑）。

さだ 作家が死んでしまったら、普通は二年持たないのよ。あなたは持ちますよ。映画やなんかにいっぱいなってるから。このあいだも、外国の映画祭[*8]で賞を受賞したんでしょう。

寂聴 いやいや、とんでもない。映画と原作はまた別なものですから。

さだ そんなことないでしょう。でも、普通、作家は二年持たないの。ところが吉村さんは五年経ってブームが来てるの。だから、非常に変わってるのね。奥さんの節子さんがやっぱりずっと小説を書いてて、節子さんのほうが先に芥川賞もらったんです。吉村さんも純文学だったんだけど、斎藤十一さんって「新潮」の名物編集長がいましてね、その人は純文学の人をそうでない方向に転ばすのが趣味なの。

寂聴 （笑）

さだ それで、吉村さんは転ばされたわけ（笑）。

寂聴 転ばされたんですか。

寂聴　そうよ。それで、ああいう伝記物とか、それから軍艦の話とか、そういうのを書くようになって、それが当たったのね。斎藤さんというのは名編集長だから、この人ならこういうものが書けるってわかるんですよ。本人はいやだったらしいんですけどね、結局そういうことになって。それでも、吉村さんは、自分が死ぬときにそんなに売れるとは思ってなかったのね。まあ、生きてる時も相当売れてはいましたけどね。

それでまあ、節子さんのところは、夫婦二人で作家やってるでしょう。以前に私が「あなた、吉村さんの小説読んでないんでしょう」って言ったことがあるの。そしたらやっぱりその通りで、「もうお互いの小説は読まないって約束で、私は正直だから昭の小説は全然読んでない」って言うんですよ。ところが、亡くなった今になって売れてきて、節子さんはいやでもそれを読まなきゃいけないわけですよ。再版の度、原稿に赤入れしなきゃいけないから。それで最近は夫の小説をちゃんと読んでるって言うから、「自分の夫がいかにすごい作家だったかってことがわかったでしょう?」って私が言ったら、「そうなのよ」なんてね節子さん目を丸くして言ってたけど(笑)。

さだ　素晴らしい話ですね、でも。

寂聴　笑いごとみたいに「死んで夫の偉大さがわかったわ」なんて、彼女そんなこと言ってるわ（笑）。吉村さんの三陸の津波のことを書いた本、私も読みました。とてもいいですよ。

さだ　素晴らしいな、その話。でも、本当に人生って何があるかわからないですね。

寂聴　本当にね。なんでもいいことだけじゃないし、悪いことだけじゃないの。大震災は本当に大変な出来事で、いまだに苦しんでいる方も悲しんでいる方もたくさんいらっしゃる。だけど、どんな悪いことの中にも、少しはいいことが含まれてるのよ。

006　その前　自殺と出家。

寂聴　今日[*9]もたくさん集まったでしょ。あの中に五十一歳の人、私は出家が五十一歳でしたから、五十一歳の秋だったから、「五十一歳の人、ちょっと手挙げて」っていうとたくさん挙がるんですよ。もうみんな若くて美しくて、「うわあ、こんな若いときに私は出家したの？　もったいない」って（笑）、思っちゃったわよ。

さだ　そうですよ、寂聴さんが出家したとき、雑誌も新聞も、みんなもったいない、もったいないって書いたじゃないですか。

寂聴　そう、われながらそう思いました。うわあ、もったいないって（笑）。

さだ　でも、すごいなあ。四十五というのは一つのターニングポイントにはなると思うんです。まだ体力はそう落ちていない。社会に対するノウハウはある程度つかむ。人脈もある程度広がる。生き抜いていく方法論はいくつか自分なりに持っている。そして、それが完成しかかるというか、実ったものが腐りかかるのがちょうど五十ぐらいだとすれば、ここで何か「よっしゃ」という決意はわかるんですよ。決意はわかるけれども……いや、その勇気はすごいなあ。だから、そういう意味でも僕は、例えばさだまさし歌やめますって言ったら、例えば照明が困る、ＰＡ（音響）が困る、事務所が困る、あれこれ困るわけです。みんな生活してますからね。そうすると、えー、こいつらも一緒に出家させるわけにいかないしなあっていうこと考えると、結局何もできないまんまにずっと……。

寂聴　私は家庭がなかったってことが非常に身軽でしたね。

さだ　家庭はおありになったんでしょうけど、お捨てになったわけですね。

寂聴　（笑）

さだ　それもすごいですね。それは僕、すごいと思いますね。

寂聴　それも今から考えたらノイローゼなんですよね。だから、何か一つのことを考えて自殺する人もね、この話はあとでまた出るかもしれないけど、自殺する人の神経は大体、正常じゃないですよ。正常で自殺したり人殺したりできないですよ。私はあれは、そういうことをするときにもうすでに病気だと思いますね。だって自分が自殺したら周りがどれだけ困ると思いますか。

さだ　そうですね。

寂聴　ねえ。だから、それを考えられない。だから、まあ、私の出家なんか自殺みたいなものですからね、だから、正常じゃなかったんですよ、やっぱり。そう思う。

さだ　それはやっぱり、ある意味で社会に対する自殺という捉え方をしておられましたか、出家されたとき。

寂聴　はい。それでね、もう死にたかったです、実は。そのとき、マンションにいたんです、十一階にね。そこがなんかベランダのないマンションで、窓を開けたらポンと落ちるんですよね。そうすると、なんかもう落ちたくてしょうがなかったの。落ちたらいいなあと思ってた。

さだ　それは先生、お若い頃からですか。

寂聴　いや、その死ぬ（出家）前ね。死ぬ前って（笑）。

さだ　まだ死んでませんから。まだ死んでないですから。

寂聴　出家する前ね（笑）、出家の前の一年間ぐらい、それはやっぱり働き疲れたんですね。だから、男に捨てられたとかなんとかいう、そんなのないの。男はいた。そのとき（笑）。

さだ　よくそれも捨てられましたね。

寂聴　そうですね。もうそれもうるさくなった。それから、（今まで）書いたこともない、話したこともない男がもう一人いたんですよ。だから、それもうるさかったの。これ初めて言うけど（笑）。

さだ　飽きちゃったんだ。

寂聴　飽きちゃったの。

さだ　寂聴さんはもともと飽きっぽい人ですか。

寂聴　そうなんです。もう本当に飽きっぽいの（笑）。

さだ　でも、わりとすぐ熱中するタイプですか。

寂聴　そうそう、その通り。

さだ　熱しやすく冷めやすい。
寂聴　そう、冷めやすい。
さだ　ああ、お風呂のお湯のような（笑）。
寂聴　（笑）それでね、もう熱したら本当に熱するんですよね。
さだ　それでヤケドさせるんでしょ、人を。
寂聴　いや、尽くし型なの。
さだ　あ、いいじゃないですか。
寂聴　だからもう、いくらでも尽くすんですよ。
さだ　なるほど。一途（いちず）なんですね。ガーッとこう。
寂聴　いえいえ、それはその別れるまではね。
さだ　それが大事なとこですよ。そこ大事なとこです。別れちゃったあとはどうでもいいですから。
寂聴　うん、まあね。
さだ　一緒にいるときは尽くしてくれるわけでしょう？
寂聴　だって別れるときは、別（の男）がいるじゃないの。
さだ　あ、乗り換えちゃうんですか？

寂聴　うん、そう。

さだ　なるほど。それはいいですね。いいですねって、ずるいじゃないですか（笑）。

寂聴　（笑）ついそうなるんです。

さだ　ついそうなっちゃうんだなあ。でも、正直なんですね。

寂聴　だから、そういうのがもういやなの。いやだったんですよ、自分が。もう、もういい、見苦しいと思って。

さだ　いや、見苦しくはないですけど。それはみんなが思ってることで、それができないだけのことなんですよ。いや、それはみんな心の中にはそういう部分があると思いますね。でも、そうやって本当に捨て去るそのエネルギーというのはすごいなあと。

寂聴　だから、捨ててしまって働きも少なくなった、一時はね。だけど、お金残ったですよ。だって貢がないから。

さだ　おお（笑）。そんなに貢いでたんですか。

寂聴　へぇ、こんなに貢いでたのかと思った。

さだ　そうすると、寂聴さんの好みの男に生まれたかったですね、その頃の。

寂聴　そういうのが好きなの。そういうダメ男が。

さだ　あ、ダメなのが。

寂聴　うん。もうダメなのが、もう見てられないっていうような、そういう男が好きなの。

さだ　そうすると、なんかこう、「しっかりしなさい！」っていうふうに支えてあげたくなっちゃう。

寂聴　なんとか、なんとかしてやりたいと思うんですよね。

さだ　いや、いい女ですねえ。最高の女ですね、それは。いや、でも、捨てられちゃうんですよね、最後は。

寂聴　（笑）

さだ　そういうことですよね。理想的な、理想的に愛されて、理想的に捨てられていくわけですね。

寂聴　でも、恨まれてないですよ、私。

さだ　そりゃそうでしょう。だって尽くしてるんですから。そりゃ恨むやつはいないでしょうけどね。

＊1　寂庵　一九七四年嵯峨野に設けた庵。月例で写経の会、法話の会などを開催。
＊2　『源氏物語』やった　「源氏物語」の現代語訳を一九九六年から九八年にかけて手がける（全十巻／講談社）。
＊3　「寂庵だより」　寂庵より毎月発刊されている冊子。随想、日記、相談室などが掲載されている。
＊4　番組の主題歌　「Birthday」。アルバム「さだまさしベスト2」に収録。
＊5　広島の原爆の日に長崎でコンサート　「夏　長崎から」。一九八七年から二〇〇六年まで、毎年広島の原爆の日に行った無料コンサート。
＊6　津村節子　一九二八年福井県出身。作家。寂聴とはお互い少女小説を書いていたときに出会った、六十年来の友人。
＊7　吉村さんの本がどんどん売れている　一九七〇年に発表され、二〇〇四年文春文庫で刊行された『三陸海岸大津波』がこの震災をうけ、ベストセラーとなる。増刷分の印税は被災地に寄付された。
＊8　外国の映画祭で賞を受賞　さだの小説『アントキノイノチ』（幻冬舎文庫）を原作とした映画「アントキノイノチ」が、第三十五回モントリオール世界映画祭イノベーションアワードを受賞。
＊9　今日もたくさん集まった　対談が行われた当日、寂庵で法話の会が行われ、講堂に入りきれないほどの人が集まった。法話は毎月第三日曜日に開催され、事前予約が必要。

第二章

想像できない苦しみがあることを知る。

007 その後 放射能という目に見えない恐怖。

寂聴 京都で陸前高田の松[10]のことで騒ぎがありましたよね。

さだ ありました。

寂聴 それでもう、京都はなんてアホだろうって私書いたんです（笑）。

さだ 五山の送り火[11]のときですよね。

寂聴 うん。私だけじゃなく、京都の住人である人、みんな怒った。それで、また「いや、悪かったから、またください」って、言っておいて、今度は調べたら何か放射線が検出されたとかってまた返した。もうひどい話ですよ、そういうのねえ。どういうんでしょうか、あれは。

さだ なんかこう、人間同士もうちょっと、優しくできたんじゃないかと思いますね。

寂聴 そうそう。余計傷つけたでしょう、二重、三重にそんなことして。

さだ はい。かえって傷つけたと思います。

寂聴　ねえ。だから、せめて謝りに行かなきゃダメでしょ。私が「自分が市長だったら飛んで行ってる」って書いたら、市長がすぐ行ったそうだけど（笑）。

さだ　（笑）そういう言葉は大事ですね。そういう言葉があるとやっぱり人が動いてくれますから、それは重要なことですね。僕も愕然（がくぜん）としました、あの騒ぎのこと。どうしてあんなことになっちゃったんだろう。

寂聴　ねえ。それで、ちっともその説明がないんですよね。どれだけの放射線が出たとかね。やっぱりあの松を使うのがいやな人がいたのね、はじめから。

さだ　そうです。

寂聴　はじめからどうしても気持ちがいやだって人がいたんですよ。

さだ　やっぱり放射能が怖いんですよね。関西には関東の野菜は一切食べないっていう人多いですよ。風評被害だって言うけれど……。

寂聴　そう、私もわかってないんですよ。で、目に見えないから困るね。

さだ　そうなんです。

寂聴　かゆいとかそんなのがあればわかる。何もわからないでしょう。怖いですよ。

さだ　僕は長崎の出身なんですけど、僕らの世代のお父さんにあたる世代で、もう九十二歳になる人なんですけど、被爆者なんですよ。その人は原子爆弾の光を浴びたので皮膚がケロイドになって、そのケロイドになった体が気持ち悪いから、川に入って水でこそぎ落としてしまうような経験をした人なんだけど、その人が同じときに長崎駅前で被爆した女性と結婚して、その子供が僕らの世代なんですね。それで、お父さん九十二でまだ健在なんですよ。お母さんも健在なんです。それで、子供に、まあ被爆二世ですけど、両親が被爆してますから、被爆二世としての、僕らの年代になっても、まだとりあえず影響は出てないという人も奇跡的にはあるんです。そうかと思うと、僕のおばは、光は浴びてはないんですけども、一・五キロぐらいのところの地下室で、十七歳で被爆しまして、六十七歳でなくなったんです。もう亡くなる十年前からあっちこっちにガンが出て、それで、あっちを取っておさまって、転移ではなくて原発ガンがあっちこっちに出たもんですから、これはもう原爆症だろうなと。そういうふうにはっきり影響の出る人もあれば、九十二歳でピンピンしてる人もあれば、まあ、内部被曝量の差なのかもしれませんけど。長崎の大学の先生が「放射能は、そんなに怖がらなくていい」と言って大きな非難を浴びましたよね。なんでそんなこと言うんだって。言ったおかげで広島の先生も一切口をつぐみましたね。本当のところがよくわかっていない、専門家の間でも意見が大きく分かれるところが、放射能問題の難しさですよね。誰も確かなことがわからないから、余計に怖い。よくわからなくても、子供は何があっても守らなきゃいけないし。

寂聴　昔はよくわからないもんだから、けっこう無茶苦茶なことという人もいましたよ。私の友達のある女性は、彼女は広島で被爆したんだけれど、日本酒をたくさん飲めば大丈夫なんて言ってたくらいですから。

さだ　僕のおばは、どくだみの葉を煎じて、日にバケツ一杯飲まされたそうです。血がきれいになるといって。そのどくだみは、花の咲いてる時期に根っこから抜かないといけないんだそうですね。花の咲いてるときに根っこから抜いて、それを煎じて飲むと血がきれいになるというんで、日に本当にバケツ一杯ぐらいずーっと飲まされたら、耳の後ろにガラスで切った傷があって、うじが湧いたりしてたらしいんですけども、そこからもう毎日、とくとくとくとく血が出たそうです。とくとくとくとく、もう傷もふさがらず、ずーっと出たそうです。そのうちに自然にふさがって、その後どうやら元気でいたのは、もしかしたらどくだみの煎じたののおかげじゃないかって、おばは言ってたんですけどね。本当かどうかはよくわかりません。

寂聴　いろんなものがいいって、あの頃は言ってましたよね。

さだ　そうなんですよ。

寂聴　薬なんか手に入りませんからね。

さだ　そうなんですよ。で、どんなものかわからないから怖かったと思いますね。本当に原爆は怖かったと思いますよ。

寂聴　でも、今度の原発だって原爆みたいなものでしょう、結局は。

さだ　おっしゃるとおりですね。まき散らしている放射性物質の量で考えれば、今度の原発のほうがもっともっと多いといわれていますよね。

寂聴　日本は二度もね、あんな目にあってるんですよ。広島、長崎で。それでもって、もうそれは使わないと決めるべきなのに、またその同じようなものを使って、それで、それは大丈夫だ、大丈夫だと言い続けてきたわけでしょう。

さだ　厳密に言えば、東海村の臨界事故がありましたからもう四回目なんですよね。

寂聴　そうですよ、そうですよ。あのときだって、本当にどうなるかと思ったですよ。それなのに、まだこんなことやってるでしょう。だから、なんか、なんか図々（ずうずう）しいところがあるのかしらね。

さだ　鈍感なんでしょうか。

寂聴　鈍感というのかしらね。なんか……。

さだ　まあ、確かに原子力発電は発電コストが安いって言う人もいるけど、それは原子力発電所を作ったあとのコストであって、作るまでのコストとか、それから今回のようなことがあった場合の補償金とか考えると、決して安い発電システムとは言えないと思うんですよ。ただ、ここで慎重にならないといけないのは、「はい、わかりました」ってすぐに今稼働している原発を止めてしまうという選択で、はたして本当にそれで日本の経済が動くのかとか微妙なラインですよね。それでも現実に福島の人は家に帰れないわけですよね。これをどう説明するか。こういう町がほかにできる可能性があるわけですね、原子力発電所がこのままあると。これはちょっとよく考えなきゃいけない問題ですよね。

寂聴 だってかわいそうですよ。一生懸命働いて、それで、私やあなたぐらいの年になって、やっと家ができるでしょう？　それがそこへ帰れないっていったら、本当どうするんですか、それからもう。

さだ 本当ですね。一生かけた財産ですよね。

寂聴 そうですよ。だから……。

さだ それを作るために生きてきたようなものですもんね。

寂聴 そう。だから、津波にあった人たちだって、もう全部なくなったら、本当にどうやってこれから暮らすんですか。

008 その前　才能を出し尽くして死ぬ。

さだ　僕は捨てる勇気って、僕も含めて今の人たちはみんな持ってないと思います。中途半端にしか捨てられない、中途半端にしか人を好きになれない、そのあらゆる部分で自分が中途半端になってるっていうのがノイローゼのきっかけなんじゃないかと思うんですよ。鬱病(うつびょう)が多いっていうのもそのせいなんじゃないかって思う。

寂聴　今日(の法話の参加者)も鬱の人が多かったですね。

さだ　だってね、鬱って、世の中の人間の大半がどこか鬱の要素持ってませんか？

寂聴　そうそう。

さだ　僕は瀬戸内晴美って人は相当鬱だったと思います。

寂聴　(笑)

さだ　本来は。もう二十代から死へ向かうというような願望がずっとね。僕もあったんですよ。僕ら青春時代に読んだ、中島敦にせよ、*12梶井基次郎(かじいもとじろう)にせよ、若いうちに素晴らしいもの書いてポッと死んじゃってる人を見ると、カッコいいと思うんですよね。

寂聴 ええ、いいですね。

さだ だから、二十七で僕、労咳（ろうがい）で死にたかったです。

寂聴 ああ、わかる、わかる、私もそうだった。

さだ そうでしょう?

寂聴 私もね、もう本当、二十七ぐらいで死にたかった、二十七か八ね。ところが、ふっとそのとき、美人薄命って言葉が浮かんで。「あ、これはダメだ」と思って（笑）。

さだ そんなことないですよ（笑）。

寂聴 それでやり方変えたんです（笑）。

さだ やり方変えたってすごいなあ。僕もすぐ死にそうな感じに見えてたんですけど、だんだん死なない感じになってきましてね。

寂聴 （大笑）

さだ 僕は二十一、二の頃にヒット曲が出て、しかも人が死んだ歌とかが売れるものですから、「精霊流し」だとか「無縁坂」だとか、なんかやっぱりそっちのほうが好きだったものですから、不吉な曲なもんでね、「あなたは二十七ぐらいで死ぬと思います」ってハガキや手紙をいっぱいもらいました。みんな期待してたんですよ、僕が早く死ぬことを。

寂聴　世の中が、期待しちゃうの。あいつは早死にするだろうと。

さだ　期待してますよね。

寂聴　でも、やっぱり売れると死なないね（笑）。

さだ　そうなんですよねえ（笑）。そうすると、あるときに……年を重ねていくじゃないですか。中原中也[13]の年を超えた、あ、梶井基次郎の年を超えた、とか数えていくうちに宮沢賢治[14]の年まで超えてしまって。で、あれ？　美空ひばり[15]の年まで超えたぞってなってくると、もう……。

寂聴　どうでもいい（笑）。

さだ　（笑）ほんと、どうでもいいって感じになりますね。だから、最近は、コンサートでもサドンデスだっていってるんですよ。昔は、どうやってソフトランディングというか、どういうふうに消えていくかとか、どう着地していくかとか、人生の老後について考えた時期はあったけども、今もう延長戦に入ってるっていうのを自分で気がついたんで（笑）、これからはサドンデスで行こうと。延長戦だから、歌手としては。パターンと倒れたら、もうそれで終わりと。そういうところへ行こうと。

寂聴　三島さんがね、三島由紀夫が非常に年齢のことを気にしていて、老人はいやだってね。

さだ　そうですよね、いやだったんですよね。

寂聴　だから、あの人は四十五でしょ。五十まで生きたらみっともないと思ったんでしょうね。

さだ　みっともないと思ったんでしょうね。無理やり死んじゃったんですもんね。

寂聴　うん、無理やり死んだ。

さだ　もったいないっていえばもったいないですけど、もったいなくないんでしょうか、それは。

寂聴　でも、あれから生きてて、似たようなもの書いていてもしょうがないじゃないですか、あんなこと言ったら。

さだ　ああ、そうか、なるほど。

寂聴　だから、いいんじゃないかな。天才で早く全部出したでしょ。

さだ　はい。だったら老醜をさらすよりはきれいに消えたいというのが、美学だったんでしょうね。

寂聴　私、いろんな伝記[16]書いたでしょ。そのためにずいぶん調べたんですけどね、みんな、「この人はもっと生きてたらもっといいもの書いたのに」なんて、「惜しい」とかって言うじゃないですか。樋口一葉[17]とかなんとか。

さだ はい、思いますよね。

寂聴 でも、私はそうじゃないって結論を得たんです。それはね、そのとき死んだ人はそれまでの才能なんです。だから、もし生きてたらって、もし生きてたら、ろくでもないもの書いてたかもしれない。だから、それだけの才能を出し尽くしてる人は死ぬんだなと思った。だから、私まだ死なないでしょ。だからね、まだ……。

さだ まだ死なないでしょって（笑）。

寂聴 （笑）だからね、まだ何かあるのかなって。

さだ いや、そりゃまだありますよ。あるんですよ。

寂聴 でも、もういいと。それで、毎回「もうこれが最後って宣伝してもいいですか」って出版社が言うんです。

さだ ふざけたこと言いますね。

寂聴 本気で言う。向こうも一冊でも売りたいからね。

さだ いくら一冊でも売りたいからって（笑）。

寂聴 いや、それで私もね、もうこれが最後だ、もうこれが最後だと思いながら書いてるんですよね。自分でもそう言ってるし。「これが最後よ」って。

さだ まあ、それはわかりますけど。

寂聴　だから、一緒にやってくれてる編集者は、それが頭に入ってるでしょ。これが最後、最後って私書いてるから。だから、できたら、「じゃあ、これ最後って売っていいですか」って必ず言うんです。そうするとね、「ちょっと待って」って（笑）。

さだ　そりゃそうですよ。

寂聴　「もう一つ書くかもしれない」なんて（笑）。その一つ書き終わったときは次ができてますよ、大体ね。芽が出てる。ちょっとそれが書けるかななんて、それがそのあなたの言う欲望、いやらしい煩悩がね……。

さだ　いや、いやらしいとは思わないですよ。

寂聴　尽きない、尽きないのよ、人間は。煩悩が。

さだ　職業もよかったんですかね。作家という職業は要するに、まあ、世を捨てて出家をしても……。

寂聴　書ける。

さだ　それは書けますものね。

寂聴　それはね、私が出家したとき、みんなが「バカじゃないか」とかなんとかいろいろ言いましたけど、一人、国文学者が、「ああ、瀬戸内さん、それは当たり前だよね。日本の伝統の中には、西行にしろ兼好にしろ、とにかく出家してからも書いた人がいる」

って言うんですよね。それで、「それは日本の伝統だ。それを昭和になって瀬戸内さんがしたっていうだけだよ」って言ってくれた。だから、ああ、そうかと思った。

寂聴 西行なんかは出家してからのほうがすごいですもんね。

さだ そうです、そうです。兼好法師もね、みんな出家してるでしょ。

さだ ああ、なるほど。それは、自分と向き合う職業だったからなのかなあ。

009 その後 震災が露わにした人の持つ本来の優しさ。

さだ ボランティアセンターが岩手の遠野にあるんです。その遠野の市長さんが、かつて県の防災担当か何かの役をやっておられた方らしくて、大地震が来て三陸に大津波が来た場合、六市に等距離にある内陸部の遠野がボランティアセンターとして救助の拠点にならなければいけないので、これを整備すると。それで、今ボランティアセンターになってるコミュニティセンターを作って、その周辺に警察、消防、自衛官が五千人常駐できるだけの場所を新たに作っていたんだそうです。で、三陸の市長に、防災会議をやろうと呼びかけたんだけども、みんなそんなこと起きるわけないと思ってるから、会議に来るのが市の係長ばっかりなんですって。それで、僕すごいなと思ったのは、あの大震災が起きた翌朝、遠野の市長のお願いが遠野市に全部流されて、各家庭、最低二個おにぎりを作んなさいと言って、みんながおにぎりの炊き出しをして、それを等距離にある六市に翌日の朝配ったそうです。そういうふうに頑張ってる町もあるんですよね。

寂聴　ああ、私、そこへ行きましたよ。若い人がいっぱい！　でも行くまで話聞かなかった。聞かないでしょう。

さだ　それこそテレビとかでもっとやればいいのに。

寂聴　そうなんです。で、なんか有名な歌手は釜石までは行ってくれるんですけど、大槌とか山田とか、それから、ボランティアが頑張ってるボランティアセンターに行ってくれないんですって。だから、僕行ってきたんですよ、有名な歌手なんで（笑）。

さだ　（笑）

寂聴

さだ　ボランティアに携わっているのは若い人たちで、助けたいという正義感のある人たちが集まってくるんですね。けれども彼らは心の中で、自分は被災者じゃないという、痛みというか負い目みたいなものがあるんです。ですから僕がコンサートに行って、「あなたたちのおかげでみんなどれだけ助かってるか」って言うと、別にそんなこと言われたくてやってるわけじゃないけど、言ってくれるとホッとするっていう顔するんですよね、やっぱり。報われたような顔する。ああ、行ってよかったなあと思いました。

寂聴 だって、みんな人間はね、本当の心はいいんですよ、生まれつきはね。生まれたときから悪い人なんかいないのよ。本当みんないい人なんですよね。それで、みんな誰かの役に立ちたいと思ってるんです、本心はね。

さだ 思ってるんですよね、そうですね。

寂聴 本来の人間というのは、気の毒な人がそこにいたら、思わず手を伸ばすのが普通なんですよ。人情というのはそういうものなんですよ。それがもうだんだん自分のことしか考えなくなって。これは戦争に負けた以後の現象ですね。

さだ あ、やっぱり戦後の。

寂聴 ええ、戦後のことです。戦後、だってとにかく全部焼かれて何もなくなったでしょう? そしたら、今と同じですけど、まずなくなったら元の家が欲しいじゃないですか。それで、まず家を作るでしょう? そうしたら着るものが欲しいじゃないですか。そして、全部できたら、今度はおいしいものが食べたいじゃないですか。そういうふうに失ったものを全部取り返そうとするのね。これはもう、まあ人情ですよね、それもね。

さだ　まあ、その気持ちは理解できますね。

寂聴　うん。それで、そういうものを手に入れるにはお金じゃないですか。だから、世の中で一番大事なのはお金ってことに。それで拝金主義になってね。だから、戦争以後ですよ、こんなにお金、お金って言いだしたのは。

さだ　それで、お金を稼ぐために忙しくて、自分の時間を全部とにかくお金を稼ぐためだけに使ったから、子供の教育をしなかったんですね。

寂聴　そうそう。それで、自分と自分の家族さえよければいいってなった。とにかく、お隣さんとか、お向かいなんかどうでもいいんですよ。そういう感覚は昔はなかった。昔は長屋なんかね、隣が病気したらすぐ行って、お醬油（しょうゆ）がなくなったら「ちょうだい」なんてね、あげたりね、そういう感じだったでしょう？

さだ　僕の子供の頃の長崎は、まだそういう感じだったです。

寂聴　そうでしょう？　私も徳島ですからそんなふうでしたよ。

さだ　殊にバブルのあたりから価値観が大きく壊された感じしますね。

寂聴　そうねえ。もうとにかくお金、お金、お金で、それから、人のことを考えない。自分さえよければいいって、そうなりましたね。

010 その前 戦争と死。

寂聴 「死」というものが一番わかるのは、愛する人を死なせたときね。自分じゃない。自分はわからない、生きてるんだから。だけど、本当に死について考えるのは、自分の一番愛している人が死んだときですよ。そのときに、一体あいつはどこ行ったとか、本当に魂はあるのかってそう真剣に思いますよ。だから、誰か愛する人に死んでもらうのね。そしたらわかる。

さだ (笑)まあ、たしかに親が死んだとか兄弟が死んだとかっていうことで人生観がコロッと変わる人はいますよね。僕は祖母だったですね。僕は母親とは一緒に寝なかったけど、おばあちゃんと一緒に寝起きしてたんで、子供の頃。九歳で亡くなったんです。九歳の子が一週間泣き通したんですからね。

寂聴 あ、すごいね。感じやすい子だったのね。

さだ　ええ、一週間泣き通しました。で、幽霊でもいいから会いたいと思いました。それまで幽霊が怖かったのに、それから幽霊が怖くなくなった。そういうのはやっぱり一つの命に対する別の見方を始めたきっかけかもしれない。で、その頃、「自分も死ぬんだ」って……。あの冷たくなったおばあちゃんの姿見てるから、「あ、俺もこうなるんだ」って怖かったんですよ。怖くて怖くて怖くて怖くてね。いつか死ぬ。お父さんも死ぬ、お母さんも死ぬ、みんな死ぬ。もうなんか絶望的になって。それで、僕は中学の一年からバイオリン修業で一人で東京へ出ましたから。ということはもう、一人きりのときは座禅みたいなものですよね。やっぱり一人きりになると、熱が出れば、「あ、このまま死んじゃうかな」と。すると、遺書を書いたりしてね。何通も書きましたよ、一人暮らしのときに。

寂聴　とても文学的なのね。

さだ　今まであったことで両親にお詫(わ)びしなきゃいけないこととかを、しきりに思い出すんですよね。そうすると、すごいいい遺書ができたと思った頃には熱がすっかり下がっていたり(笑)。そういうことはよくありました。で、何度も何度も書くうちに紙がもったいなくなってきて、「どうせこれ、俺、多分、死にそうだけど、生きてるかもしれない」と思うから、薄い鉛筆で書くようになった。消して使えるじゃんって（笑）。そうやって中学、高校時代が一番死というものと具体的に向き合っていうのかな。本も、死ぬ本とか宗教書とかそういうのを貪るように読んだ時期がちょうど十六、七だったですね。

寂聴　そのときに戦争で死んだ人の、特攻隊で死んだ人のあるでしょ、『きけ　わだつみのこえ』って。あんなものは読まなかったですか。

さだ　読みました、もちろん。

寂聴　あれやっぱりこたえたでしょう。

さだ　こたえました。それから原爆ですね。僕は原爆が落ちて七年目に長崎で生まれてますから、原爆というのはもう非常に身近なものでした。で、ＡＢＣＣ（原爆傷害調査委員会　Atomic Bomb Casualty Commission）って原爆の影響を調べる機関に僕は三回運ばれてるんです。背中にアザがあったんで、これは放射能の影響じゃないかっていうんで三回調べられたらしいんです。結局はただの濃いうぶ毛っていうんで終わったけど（笑）。

寂聴　（笑）

さだ　ですから、原爆は決して遠い昔の話じゃなくて、僕が少年時代には普通の、ついこのあいだのことだったものですから、そういうことで戦争が身近に感じられたって

 こともありますし、父から戦争の話もよく聞いていました。父はとくに歩兵で中国語をしゃべったものですから、中支（中国大陸の中部）の奥のほうで最前線のさらに先のゲリラをやってたものですから、あれ生き延びただけでも人生の運を使い果たしたような人だったんです。

寂聴　あ、すごいねえ。

さだ　大正九年生まれですから、去年（二〇〇九年）満八十九で亡くなったんですけども、そういう話を聞かされるんですよ。

寂聴　私、大正十一年ですから、お父様とほとんど同じ。

さだ　ああ、同じ世代ですよね。

寂聴　だから、戦争の雰囲気は全部同じですよ。

さだ　一番厳しい戦争の中で過ごされたんですよね。

寂聴　私がお嫁に行って北京へ行った後すぐ、国内では学徒動員が始まったんです。

さだ　十八、九年ですか。

寂聴　昭和十八年十月です。男だったら私も戦争に行ってる筈（はず）です。大学も繰り上げ卒業で半年早くなって、だから、来年の三月卒業するのが十月に卒業したんです、昭和十八年ね。それで、私はもう卒業式も出ないで北京へ行った。その直後にあの「雨*18

の行進」があったんです。だから、それ私は見てないけど、出家してから映画で見たんですよ。やっぱり、もう泣けて泣けてどうしようもなかったですね。

さだ　寂聴さんもそうですし、僕の父もそうですけど、あのカタストロフィーというか大破壊を経験したってことは、それも青春時代にですよ、子供の頃じゃなくて青春時代に経験したってことは、死生観にものすごく大きな影響を与えたと思うんですよ。

寂聴　はいはい。もう人生観変わりました、私はね。それで私は、それまでの優等生やめましたもん、まずね（笑）。

さだ　なるほど、なるほど。

寂聴　だってもう、だって……。

さだ　バカバカしいですよね。

寂聴　バカバカしい。教えられたことばっかりを信じてて、この戦争は大東亜のための戦争だとか、天皇のためだとか、国民のためだとかって教えられてたでしょ。で、素直だからね、優等生バカだからね、それをもう全部信じてたでしょ。そしたら、北京へ行ったら、こっちは戦勝国民として北京にいるわけですね。そうすると、どれだけ中国人をいじめてますか、日本人が。自分たちは真っ白なご飯食べて、彼らにはもう高粱（コーリャン）のまずいものを配給したりね、そういうの見てるでしょう。そして、実際に日本人が中国人を踏んだり蹴ったりしてるの見てるでしょう。だから、これは何事かと思ってるうちに終戦になって、立場が……。

さだ　逆転したわけですね。

寂聴　ところが、中国人は、全体は知りませんけど、個人で付き合うと本当にもう朋友精神が旺盛なんですよ。だから、助けてくれるの、みんなが。

さだ　友達は助けてくれるんですよね。

寂聴　ええ、友達は助けてくれる。日本人とか中国人とか関係ないの。もちろん、こっちも助けますけどね。だから、そうすると一体戦争って何だろうって思いましたね。

さだ　そうですね。今の世代、もう五十代までは、戦争を知らない。ってことは、もうこれがかなりの割合になってますよね、戦争を知らない世代が。

寂聴　知らないね。

さだ　まったく知らないですよね。僕だって知らないわけだから。今の六十歳から下っていうのは、ほとんど戦争を知らない。それでも、時々カタストロフィーが起きるじゃないですか。阪神淡路大震災とか中越地震だとか、ハイチ[*19]もひどいことになったりしてますけど、そういう経験と戦争はまた異質なんでしょうね。

寂聴　違う違う。

さだ　自然災害とは。

寂聴　自然災害と違う。だって、戦争は人間が人間を殺すんだから。

さだ　そういうことですよね。

寂聴　さっきおっしゃった、殺さなければ殺されるんだからね、だから、それは違いますよ。私は男だったら兵学校入ろうと思ってた（笑）。海軍の江田島[20]に入りたいと思ってましたよ。それで、なんで女に生まれたかと思って悔しかった。

さだ　やっぱり海軍のほうがカッコいいからですか（笑）。

寂聴　断然カッコよかった（笑）。そう思ってましたね。だから、戦争が悪いなんて考えたこともなかった。でもね、私、東京女子大に入ったでしょ。あそこはインテリの家庭の娘がいっぱい来てるんですよ。そうすると、その娘たちは、お父さんが「この戦争は間違ってる」なんて言うのを聞かされてるの。だから、そういう話をするんですよ。「この戦争は間違ってる。日本はもう負けるのよ」とかって言うと、この非国民めと思ったもの、その友達を。なんだ、この非国民、けしからん。そういうふうに思った。だけど、一般の庶民は、もう大方の庶民は、私のように、もうこの戦争は勝たなければいけない、自分は耐えなければいけないと思ってましたよ。

さだ　それはやっぱりメディアの責任というのもあったんでしょうね。

寂聴　そうそう。そういうふうに思わせて。

さだ　そうですね。だって、軍だけで戦争する国はどこの世界にもないわけでね、国民全体でするわけだから。国民全員で責任を負わなきゃいけないと思うんですよね、先の戦争に関しては。

寂聴　そうです、そうです。

さだ　それに、東京大空襲の写真を見てもそうだし、原爆の映像を見てもそう思うんだけど、戦争って兵隊さんだけが戦場でするんじゃないんですね。あんな大量に、普通の人間が生活してるとこに爆弾ばら撒いちゃうっていう、あの恐ろしいこと。

寂聴　本当に。

さだ　僕のいとこはみんな被爆二世なんです。そういう意味じゃ、まだ終わった話じゃないんです。まあ、被爆二世が原爆症になった例はあんまりないんですけど。でも、なんかこう、アメリカの属国みたいになってこの平和に充たされてる現状というのは、本当不思議な感じしますよね、僕らのような世代が見てても。ですから、ますます寂聴さんみたいに本当に青春時代に人を殺し合うというのを、目の前で人が死んでいく姿を見てるというのは、どうなんですかねえ。僕らはこれを幸せと言っていいんでしょうかね。

寂聴　でもまあ、殺すなかれ、殺させるなかれっていうのが仏教の教えの根本ですから、だから、それを紙に書いて私はイラクの戦争反対、その断食[*21]してみたんですけどね、そんなことは虚しいことですけどね、そういうことをしなきゃいられないものがあるのはやっぱり戦争の時代を生きたからですよ。

さだ　そうでしょうねえ。

寂聴　だから、今の人が見たら、「何やってんの、あれ」と思うんだけど、何かしなきゃいられないんですよね。母が防空壕（ぼうくうごう）で祖父と重なって死んでたんです。それはね、逃げたら逃げられたんですよ。みんな町内の人全部逃げてるんですよ。で、うちの母は私に似て早合点する人なんですよね。だから、もうこんな田舎（いなか）に敵機が来て爆弾落とすときは、もうこれは日本はダメだと思ったんでしょう。普段そう言ってたんです。「徳島みたいな田舎に飛行機が来るようになったら、これはもう負けよ」って。それでね、出ていかなかったの。祖父は母方の祖父で、常々一緒にいないんですけど、たまたまそのときに限って私のタンスを田舎に疎開させてやろうとかって来てたらしいんです。それで、たまたまうちで空襲にあったから、母と一緒に防空壕に入って、それで、母が祖父の上に覆いかぶさって死んでたんですって。だから、祖父の体はきれいだったそうです。母は背中のほうはもうまっ黒けになってたっていうんですけどね。父親は町内の人を「早く逃げろ」なんていう役目してて、そして、うちが大丈夫かと思って戻ったらまだ母たちがいたから、「出てこい、早く出てこい」って言ったんですって。そしたら母が、「もう私はいいわ。お父さん、はよ逃げて」って言ったんですって。そしたら、なんか父親は、私はその場にいなかったから本当のところはわからないんですけど、見捨てて逃げたっていうんでみんなが父親のことをけしからんって言うんですよ（笑）。でも、うちの母はね……。

さだ　逆のこともありえたわけですからね。

寂聴　そう。うちの母は、「もう私はいいから、はよはよ逃げて」って、そんなこと言う人なんですよ。それで、そのときにね、これはもう世間に言ったら笑われるってみんな内緒にしてるんですけど、防災服着てなきゃいけないでしょ、そのとき。みんな普段だってモンペみたいなの着てるじゃない。うちの母はね、自分で縫ったデシンのドレスを着てたの。

さだ　へぇー！

寂聴　だから出られなかったんだと思う（笑）。もうね、そういう人なんですよ。

さだ　僕はこうやって戦争経験者の人から話を聞く機会が多い世代だと思うんですが、生の声をたくさんの人から聞いてきたんです。皆さん、お身内に亡くなった方が必ずおられるんですよね、戦争で。これはやっぱり覚悟というか命の限界って見切りやすかったんじゃないかな。こうやって死ぬんだっていうか、自分だってあっておかしくなかったんだというようなことってね。

寂聴 今はそういうことがまったくないから。

さだ ゲームで平気で人を殺しちゃうし。リセットすれば生き返るっていう話でしょ？なんか変な宗教もありましたよね。死んじゃったのに生き返るとか。

寂聴 ああ、あったね。

司会 日本人の死生観がだいぶ変わってきたということなんでしょうか？

さだ 悲惨な死が近くにないからじゃないかな。無念の死というか。僕の父が話したことで印象に残ってるのは、軍医さんが戦死者の手のひらをずっと見て歩いてたんですって。「何してんですか」って聞いたら、「俺は手相を見るんだ。だから、早死にするっていう手相のやつが何人いるか調べてんだ」。「で、どうでしたか」って聞いたら、「一人もいねえ」って。「早死にする手相のやつなんか一人もいねえよ、この中には」ってため息ついてた、肩落としてたって。だから、まあ、これは手相を批判するわけじゃないけど、でも、そんなことを言ってましたね。だから、運命というのは最初から決められてるって、それが表に現れてるって単純なものじゃないんじゃないかってね。

寂聴 自分で変えていかれます、そんなのは。運命は自分で変えるものよ。

さだ 自分の人生は自分で変えていけるっていうことを、思わない世代がいっぱいいるんですよ。どうやって人生を変えていいかわからないんですよ。何をきっかけに変えたらいいんですか。

寂聴 人生を変えるためには、まず自分が何者かがわかってなきゃいけない。だけど、自分がわからないっていう人が多いの。それ、どうやって相談に乗れます？　そんなこと言われたって。ねえ（笑）。

さだ 確かに（笑）。

寂聴 でもそういう人が、たくさん来るんですよ。

さだ 相談じゃないですよね、それ。

寂聴 自分がわからない。だから、何をしていいかわからない。私は、何をしていいかわからないっていうのがわからないんですよね。それは、人間は何でもできると思ってるから。だからわからないのよ。

さだ これはいい言葉ですよ。「人間は何でもできると思ってるから、何をしていいかわからないっていうのがわからない」っていうのは、それは僕はわかるな。つまり、まず自分に限界があるってことをわからなきゃいけない。

寂聴　今はそういう悩みが多いです。

さだ　たしかに、何をしていいかわからないって質問には答えようがないですね。

寂聴　答えようがないの。

さだ　「何かやってみなよ」と言うしかないですよね。僕のピアニストの友人の同級生が、アフリカにボランティアで出かけてったらしいんですよ。それで、炊き出しをしてアフリカの難民を一生懸命支えてたら、みんなでテレビで日本のニュースを見る機会があったそうなんです。そのニュースに日本のホームレスの話題が出て、それで、よその国の神父さんが山谷かどこかで炊き出しをしてるその画が出たらしいんですよね。それを見たアフリカの難民たちが日本人の彼に向かって、「おまえ、俺たちにこんなことしてる場合じゃない。おまえ、自分の国に帰ってやれ」って（笑）。それで、なるほどって帰ってきて、ホームレスの集まってくる中央公園に行ってみたら、たしかにいっぱいいる。それで炊き出しをしてたんだけど、だんだん腹が立ってきてね、おまえら働けよ、何かしろよというんで、とりあえず何もしないよりはましだから、ちょっと掃除をさせたらどうかと、ゴミ拾わせたんだそうです。そうするとちゃんと働くんですって、みんな。なんだ、やればできるじゃないかっていうんで、何かやったやつには炊き出しを食わそうというふうに腹括ったら、すごく自分も胸がスッキリしたけど、でも、ずっとこれやってると自分が持たないっていうんで、今、佐渡へ行って農業の勉強してるんです。それで、休耕田とか使われなくなった農地がいっぱいあるわけです。それを……。

寂聴　あれが馬鹿げてるねえ。あの畑ね。

さだ　それを自分で元に戻して、そこにホームレスを呼んで……。

寂聴　それいい、それいい。

さだ　ただ、問題が一つだけあるんですって。ホームレスたちはそこまでして働きたくないんですって（笑）。

寂聴　（笑）

さだ　なんででしょうね、最近のホームレスの人たちは、あまり感謝しないですよね。「どうせコンビニで余ってる弁当なんだろ、捨てんだろ、俺が食ってやるよ」みたいな。昔は、「おありがとうございます」って言いましたよね？「右や左の旦那様、くださるものならいただきます。くださらないものはいただきません」ってなこと言って、「おありがとうございます」、それですごい大豪邸に帰っていくって話もありましたけど（笑）。でも、本当、その「おありがとうございます」って言わないですね。

寂聴　言わないね。

さだ　なんでですか、これ。

寂聴　思わないからでしょ。

さだ　プライドですかね。

寂聴　いや、だって、ありがたいと思ってないでしょ。もらうのが当たり前と思ってるでしょ、きっと。

さだ　でも、どんな職業の人もそうじゃないです？　あんまり「ありがとうございます」っていう……。

寂聴　言わない。今の人は感謝しないね。本当に感謝が足りない。

さだ　どこから来たんでしょう。やっぱり食べられるからですかね。

寂聴　そうでしょうね。食べ物がまずあるからじゃないかしら。それから、贅沢になりましたよ。それで感謝しなくなったのね。

011　その後　日本人はなぜ辛いときに笑うのか。

さだ　前にこうしてお話を聞かせていただいた折に寂聴さんが、戦後アメリカが日本の家族制度を壊しにかかったってことをおっしゃって。

寂聴　そうなんですよ。それで、社会の表面から、年寄りがいなくなったね。

さだ　はい。それがものすごく心に残ってるんです。ただ、三陸も、今回被災地歩いて感じることは、家族っていうものをものすごく今改めて意識してますね、皆さん。何も問題がないときは、そんなに家族が大事だなんて思わなかった。だけど、ああいうことがあった後は、やはり家族というものがどれだけ大切かを感じるんでしょうね。

寂聴　そうですね、そうですね。

さだ　失った人たちがたくさん、もうほとんどの人たちが家族失ってるんですけども、失ってみて、「ああ、大事にしときゃよかった」と思うんですかね。いるときには腹も立つんでしょうけど、いなくなるとせつないんでしょうねえ。

寂聴　うん。

さだ　それで、これは日本人の美徳だと思いたいんですけど、辛(つら)いときに笑うんですよね。

寂聴　そうそう。

さだ　あの笑顔というのはせつない笑顔で、僕らが、（笑福亭）鶴瓶ちゃんとも避難所に行ったんですけども、みんなうれしそうな顔でニコニコ笑って、中には「もっと早く来なきゃ」って言う人もあれば、「来てくれてありがとう」っていう人もいるんだけど、とにかくみんな笑うんですよね。その笑い顔だけ見たら、彼らは元気って思ってしまうんだけど、それは要するに日本人独特の美徳であって、本当は泣きたいんですよね。

寂聴 そうそうそう。

さだ 僕と同世代の男性が、テレビカメラがそこにあるって僕、気がつかなかったんですけど、ふっとみんながいなくなったときに、僕の手握ってポロポロと泣くんですよね。「おふくろを持ってかれて、かみさん持ってかれて、孫子、持ってかれて」……ってポロポロと泣かれると、こっちもね、もう、俺だったらこれ耐えられないなと思いますよね。そういう思いの人に、どんな言葉をかけたらいいんでしょう。

寂聴 そうねえ。人間ってやっぱり、自分が味わわないとね、辛いこととか貧乏とか、やっぱりわからないんです。

さだ わからないんでしょうか、本当には。

寂聴 だから、想像力がとても大事で、まして私やあなたは想像力がないと仕事にならないでしょう。

さだ ああ、そうですね。

寂聴　だから、相当人より想像力あると思ってたんですよ。だけど、やっぱりね、もうどうしても想像力だけではわからないものがある。だから、自分がガンにならないと本当にガンになった人の怖さとか痛さはわからないですよね。

さだ　それはそうですね。それはおっしゃるとおりですね。

寂聴　自分が火事で全部失わないと、火事でなくなった人の本当の不自由さってやっぱりわからないですよ。原爆で死んだ人の怖さとか、そのあとの辛さなんて、それを味わってないわれわれ、頭では想像できるけど、やっぱりわからない。だから、本当にお金がなくなってね、どうしてもお金が欲しくて誰かに借りに行って、だけど、借りに来られた人はやっぱりわからない。それは、自分はお金があればね。本当に本当に貧乏して、本当に困った人しかわからない。飢えてる人の気持ちも、自分が飢えなければわからないですよ。

＊10　陸前高田の松のことで騒ぎ　東日本大震災の津波で流された岩手県陸前高田市の「高田松原」の松を、京都の伝統行事「五山送り火」で燃やす薪として使用

することを計画していたが、市民から放射性物質を不安視する声があがり、取りやめになった。

*11 五山の送り火　毎年八月十六日に京都・如意ヶ嶽（大文字山）などで行われるかがり火。お精霊と呼ばれる死者の霊をあの世に送り届ける。

*12 梶井基次郎　一九〇一年生まれ。享年三十一。

*13 中原中也　一九〇七年生まれ。享年三十。

*14 宮沢賢治　一八九六年生まれ。享年三十七。

*15 美空ひばり　一九三七年生まれ。享年五十二。

*16 いろんな伝記書いた　『釈迦』（新潮文庫）『秘花』（世阿弥の伝記／新潮文庫）『美は乱調にあり』（伊藤野枝の伝記／角川文庫）など。

*17 樋口一葉　一八七二年生まれ。享年二十四。

*18 「雨の行進」　一九四三年十月二十一日、明治神宮外苑競技場（現・国立競技場）で出陣学徒壮行会が行われた。降りしきる雨の中、学徒たちが行進したことが「雨の行進」として語り継がれている。

*19 ハイチもひどいこと　二〇一〇年一月十二日ハイチをマグニチュード7の地震が襲う。死者は三十一万人近いと言われている。

*20 海軍の江田島　広島県江田島町（現在の江田島市）にあった海軍兵学校。戦前は「江田島」というと海軍兵学校を意味した。

*21 断食してみた　一九九一年二月湾岸戦争の停戦を祈って七日間の断食をした。

第三章　感謝して生きる。

012　その前　謝り方の下手な日本人。

さだ　瀬戸内晴美はお腹がすいて困ったってことあったんですか。そんなことはないでしょう?

寂聴　ないの。

さだ　ほら、いいとこの子だもん、だって。

寂聴　いやいや、いいとこの子じゃなくて、戦争のときは北京にいたでしょ。だから、空襲を経験してないの。

さだ　そうか、そうか。

寂聴　それから、引き揚げだから。

さだ　文化が高いんですよ。引き揚げの人は高い文化持って帰ってきてるから、日本に居た人のほうが苦しんでますよね。

寂聴　そう思います、そう思います。それで、もう向こうで偉そうにしてたからね、だから、中国人をいじめてたほうでしょ。

寂聴 寂聴さんは、いじめてないから、日本が敗戦となったときに、向こうの人がほんとによくしてくれたの。日本人は中国人のお手伝いさんを使うのが普通だったんです。私たちはアマって呼んでました。今から思えば若かったんだろうけど、私は年寄りと思ってたんですけどね、六十過ぎくらいのおばあちゃんがずっと来てくれてたの。その人がクリスチャンで、日曜日になったら「奥さん、ちょっとお金出しなさい、お金出しなさい」「どうするの?」「これで教会へ行って、あなたたちの家族のために私が祈ってあげます」。それで、はいはいって渡してた。ほんとに私たちのためにお祈りしてくれてたような人です。

戦争が終わる頃に、そのお手伝いのアマが、「もう私は年を取ってるから、あなたたちの面倒は見てあげられない。その代わり、私の孫をあなたたちに渡すから、それを使いなさい」って言うんですよ。私が「もうお金がないから」って言ったら、本当はいくらか持ってたんだけど、だっていつなくなるかわからないでしょ。だから、畳の下に全部隠しておいたんです。亭主が現地召集で兵隊に取られて、赤ん坊抱えて私一人。「そんなお手伝いさんなんて雇えないから、だから、あなた、よくしてくれてありがとう」と言ったんですよ。そしたら、「いや、赤ん坊はうちのチュンニンって十六の女の子、孫にお守りさせるから、あなたは働きなさい」って言うの。

さだ　おお。

寂聴　理屈に合ってるじゃない。

さだ　理屈に合ってる。

寂聴　だから、「ありがとう。それじゃ、十分なことできないけど来てくれる？」と言ったら、チュンニンが来て、うちの赤ん坊をね、生まれてまだ一年にならない赤ん坊を見てくれた。で、私が一生懸命就職先を探して、やっと見つけて運送屋に入ったその日が終戦だったんですよ。それで、なんか朝から電話番してたらね、「荷物を送るつもりだったけど、それやめてくれ。あの荷物はもうそこへ置いといてくれ」って、キャンセルの電話ばっかりなんです、朝から。せっかく勤まったけど、これはもうこの運送屋つぶれるなあと思って（笑）。そしたら、お昼になったらそこの主人が「奥へ来い」って店員みんな集められて、ラジオが鳴りだして、何かキーキーキーってあの天皇陛下の詔勅だけれど何言ってるかわからないの。ザーッとかワーッとかっていって。そしたら、主人が泣きだして、「戦争に負けた」って言うんです。それ聞いた瞬間もう私は、その日のお金もらうのも忘れて飛び出して、家へ帰ったんですよね。子供が心配だから。それが終戦の日なんですよ。で、そのとき、道を走ってたら、雨がザーッと降ってきたんです。歩けないぐらい。しかたがなく、映画館の軒で雨宿りしてたら、若い兵隊が走ってきたんですね。それで、彼も私の横に立って雨を見てる。その人に、「あなた、もう日本負けたのよ」って言いたくてしょうがないんだけど、その子がもし知らなかったら、逆上するかもしれないでしょ、そんなとこで言ったら。私殺されるかもしれないわね。だから、黙って雨があがるのを待ってて、小ぶりになったから走ったんですよ。それで、あとで調べると、その日、北京に雨は降らなかったって記録があるんですよね。

さだ えー？

寂聴 だけど、北京は広いでしょ。だから、向こうでは降らなかったけど、そこでは降った。だって、私は降ったから、やむのを待ったんだから。だから、その兵隊が生きてたらね、「あのとき降ったね」って言えるんだけど、それ誰だかわからない。そういう経験しましたよ。そのときやっぱり、「あ、これは大変だ。戦争に負けた。もう私は殺される」と思いました。だって、殺されていいようなこと日本人はしてるから、みんな。私はしてないけども、うちの家族はしてないけど、日本人はしてるからね、これは殺されて当たり前だ、戦争に負けたんだから、と思いましたね。

さだ やっぱり国旗背負って生きてた人は違いますね。

寂聴 だから、敗戦の報は北京で受けたから、食べるには困らなかった。そのアマが野菜運んでくれたりいろいろしましたし、密かに買うこともできたの。だけど、夫がいつ帰ってくるかわからないでしょ。それから持っていた着物を売りましたよね。そしたら、日本人の着物がたくさん、長襦袢（ながじゅばん）やら婚礼の打ち掛けやらが広場にズラーッと並んでました。いやなものでしたよ。それを中国人が買うのね。私はそれはちょっとできなかったから、知り合いの日本人で中国人の奥さんになってる人にそれ全部買ってもらって、彼らはそれで中国服を作って着てましたけどね。

さだ みんなの着物が売りに出されてる。すごい光景ですね。

寂聴 あれはいやよ。

さだ 悲しくてきれいな眺めでしょうね。

寂聴 はい。そりゃもう上等ばっかりだからね、みんなお金持ちだから。

さだ そうでしょうね、向こうにいる人たちのことですからね。引き揚げの人たちって苦労してるんだなあ。

寂聴 それでね、幸いにして主人が帰ってきたんですよ。それで、夫と子供と三人で今の天安門ね、あそこの前を通ったら、真っ白のすごく広い壁に墨痕鮮やかに「還我山河（我が山河に帰る）」って書いてあった、大きく。もうそれ見て、ああ、もうこれが中国人の心境だなあと思ってね。私たちは我が山河に帰れないかもしれない。だけど、ああ、中国人はついに奪われてた我が山河に帰ったなって。

さだ　ああ、それいい話ですね。せつないけどいい話ですね。山河っていう、その故郷っていう感覚がもう今ないのでしょうか、日本人には。国っていう単位に対する諦めなのでしょうか。

寂聴　それで、北京でいよいよ我が山河に帰ってきた兵隊たちが、そのときの軍人は、蔣介石の軍ですね、彼等の軍靴の大地を踏みしめる音が、ガッガッガッガッと家の中で小さくなっている私の耳に聞こえるんですよ。

さだ　ああ、怖いですね。

寂聴　そして、町角にはアーチができてね。そしたら、十六のチュンニンがなんかソワソワソワソワしてるんですよ。「どうしたの？」と言ったら、みんなが帰ってくるから迎えに行きたいって言うの。で、「行っていいですか」って言うから、「それは行きなさい。あなたの国の兵隊が帰ってくるんだから」と言いました。そしたらね、パッと、中国の国旗とアメリカの国旗を体のどこかから出して、両手に持って走り出ていきましたよ。

さだ アメリカの国旗も出したんですか。

寂聴 アメリカの国旗も出した。二つ出した。彼女たち、それまでは何かあったら日の丸を振ってたのよ。だから、彼らはしょっちゅう戦争で負けてるから、あらゆる国旗を持ってる（笑）。

さだ なるほど。

寂聴 もうビックリしました、そのとき。サッと出してね、それでうちの赤ん坊をワッと抱えて、それで走って行ったの。その姿、もう今でも覚えてる。そりゃあね、もうガッガッガッガッと、軍隊が帰ってくるの見たいですよね。

さだ そうですよねえ。

寂聴 そのときにその二つの旗の出しよう、まるで魔法のようで（笑）。

さだ 中国は外交上手ですよね。日本に比べて。

寂聴 中国人なんて十のお面を持ってるっていうんですよね。相手によって顔を変えるってね。日本人は一つでしょ。そんなの外交で負けますよ。もう本当に単純よね。だから、日本ぐらい外交の下手なのないでしょ。

さだ ないでしょうねえ。

寂聴　もう本当に単純よ。だから、中国人なんか底知れないですよね。いろんな目にあってきてるから。

さだ　いろんな人たちが、常に自分たちを蹂躙してるわけですからね。

寂聴　だから、金を大事にしますよね。

さだ　永遠に変わらないから。

寂聴　金を足でも手でもいっぱいつけてる。

さだ　まあ、政府が印刷した紙はね、その政府つぶれりゃ終わりですもんね、お札は。

寂聴　だから、そういうのがやっぱりちょっと日本人と違うのね。

さだ　どうもこのあたりにありますね。今日の日本の悩みは。

寂聴　だから、どんどんどんどん中国は今、大きくなるでしょ。韓国だって大きくなる。日本はだんだんだんだんダメになるでしょ。これはもうね、しかたないね（笑）。

さだ　ああ、しかたがないですか。どうにかできないですかね。

寂聴　もう一度明治維新みたいなものが起こらないと、このままじゃしょうがないね。

さだ　明治維新、どうしたら起きますかね。

寂聴　どうしたら起きるかしらね（笑）。

さだ　何かそういうすごいことが起きるかと思ってたんですけどね、民主党が政権を取ったときには。

寂聴 どうしてあんなにつまらなくなっちゃったの？　あの人たち（笑）。

さだ 僕なんかようやく気づいたのは、自民党は要するに政党ではなくて、政権担当集団に過ぎなかったんですね、あれは。

寂聴 だって、これだけ民主党の人気が落ちたのに、一方で自民党が一つも人気が出ないでしょ。それを彼らは本当にどうしようかと言ってましたよ、自民党のお偉いさんが。

さだ わかりますよね。てことは、もう今、非常に混乱した状況なんだね、国の中。無政府状態ですね。

寂聴 だけど、われわれ国民が選んだんだからね、民主党を。

さだ そうですよね。

寂聴 やっぱり私はもうちょっとやらせてみてね、もうどんなバカするかわからないけどね……。

さだ すでに、相当してますけどね。

寂聴 相当してるけどね（笑）、だけど、ここで今また代えたら、もう世界の物笑いになるだけでしょ。

さだ 民主党に対して、「数に驕るな。自分たちの数に驕ったら俺たちみたいになるぞ」って自民党員が言ってるんですよ。それはないだろうって。おまえが言うなって言いたいじゃないですか。

寂聴 でも、民主党は政権取ってから、まあ、しょうがないけど自民党を真似するみたいな、それある程度わかりますよね。

さだ はい。

寂聴 一番おかしいのは、自民党が野党になったときに、昔の野党を真似してることよ。

さだ ああ、そうそう。

寂聴 私が、もし自民党の総裁だったら、土下座して回りますよ、日本中。ほら、あのダム[*22]ね。あそこに行って、なんか怒ってるでしょ？　あれ、おかしいって国民はみんな思ってますよ。あそこで「すみません。これは私たちの責任です」って謝って回れば、もしかしたら自民党の人を許したかもしれない。

さだ 確かに変わったかもしれませんね。だから、その負けたときの謝り方に失敗してるんですね、戦争のときは。

寂聴 そうですよ、きっと。

さだ そうですよね。謝り方が下手なんですね、日本人は。

寂聴　負けると思ってなかったからね、みんな（笑）。
さだ　あ、そうですね。負ける戦争しないですもんね。
寂聴　それこそ自民党員が全員で出家して、十年間お詫び行脚すれば……。
さだ　いや、そんなには、そんなにはお坊さん要らないんですけど（笑）。
寂聴　大丈夫よ。出家しても、すぐ（髪は）生えてくるから（笑）。

013　その後　お金の問題。

寂聴　今まではこういうことがあったら、私は必ずその翌日か翌々日に有り金持って現地に行ってたんですよ。ひとりで駆けつけてたの、お見舞いにね。何もできないけど行ってたんですよ。それでね、今度はベッドに寝てなきゃいけなかったから行かれなかった。でも、やっぱりこれはお金送らなきゃいけないと思って、それで送ったんです。そのとき、もう悩んでね、これくらいにしようか、もうちょっと少なくしようか、もうちょっと多くしようか、悩みましたよ。惜しいもの、だって、ねえ

（笑）。

さだ　そりゃそうですよね。自分で一生懸命してきたわけですからね。

寂聴　一生懸命働いて、やっとできたお金でしょう？　でも、そのときよくわかった。自分が惜しいと思うぐらいあげなきゃダメ。

さだ　なるほど。

寂聴　だからね、「このくらいだったらいいわ」っていうんじゃ、それはダメね。

さだ　「ま、この程度なら自分も痛まない」っていうんじゃなくて……。

寂聴　そうそう。「あ、惜しい」と思う……。

さだ　自分も「痛い、痛い」……。

寂聴　そうそうそう（笑）。

さだ　っていうぐらい出さなきゃいけないってことは、これは大きく本に書きたいですね。本当に大きく本に書きたいですね。

寂聴　（笑）それでね、私はそういうことがあると必ずバザーをするんですよね。それで、そのお金も持っていくのね。それはもちろん自分のお金と別にして。

さだ　もちろん、はい。

寂聴　そしたら、今回は寝てなきゃいけなかったから、それができなかったでしょう。すると、全国から「なんでバザーをしてくれないのか」と言ってくるんですよ。それで、もうしかたがないと思って、四月八日にやっとどうにか立てるようになったから、四月八日はお釈迦さんの誕生日ですからね、寂庵は毎年花祭りをします。それで寂庵の花祭りの日にバザーをやりました。それで、皆さんがいっぱい品物を送ってくれて、それでバザーしたんですよ。京都の人はね、バザーで値切るのよ（笑）。

さだ なんとも胸の痛い話になってきましたですね（笑）。

寂聴 私がバザーをするときは、ボランティアで売り子になってくれる人が、お嬢さんたちがたくさん来てくれるのね。そして、その人たちは普通の人たちだからビックリしてね、東京のお嬢さんなんかビックリして、「あのう、これは普通のバザーじゃなくて、これみんな被災地にお金を送るためのバザーですから。皆さんこれ一生懸命大事なもの出してくれたんで」「わかってるよ。でも、ちょっと負けて」って（笑）。

さだ （笑）関西らしいですねえ。

寂聴 関西らしい（笑）。それでも、来てくれるし買ってくれるからいいのよ（笑）。

さだ それはそうですね。

寂聴 それで、そのお金に自分のお金足して五百万にしたんですよね。そして、私はもう本当に五百万ぐらいでやめとこうと思ったの。でも、それじゃちょっとやっぱり少ないかなって、自分のお金を一千万円出したんですよ。それが、もう惜しくって（笑）。

さだ　そりゃ惜しいですよ。

寂聴　だけど、惜しいなんて、そんなこと言っちゃいけない（笑）。言っちゃいけないけど、惜しいと思うくらい出さないとね。

さだ　そういう思いが例えば送られた側にきちんと反映されてるんですかね。

寂聴　だから私はね、普通の何ですか、寄付のお金集めてるとこあるじゃないですか。

さだ　ユニセフとか赤十字ですね。

寂聴　そうそう。ああいうとこには出さない。私、現地に持っていくの、いつも自分で。

さだ　ああ、それは素晴らしいですね。

寂聴　それで、持っていって必ず、「これ持ってきたから、出してくれた人もたくさんいるから、これは出してくれた人のお金、これは私のお金」ってちゃんと二つに割って持ってってね。自分が持ってったら、向こうが「何に使いたいですか」と聞きます。私は、「お父さんお母さんを亡くして、もう学校に行けない子もたくさんあるはずだから、そういう子たちにまずあげてください」って。

さだ　子供ですよね、やっぱり。

寂聴　そう、子供にね、子供。だって私らみたいな年寄り助けたってもうすぐ死ぬんだから。子供は未来。だからね、「子供のために使ってください」。そしたら、それはね、私が行ってそう言えば、それはもうね……。

さだ　そうなりますよね。

寂聴　もうもう知事も市長もちゃんとやってくれます。

さだ　そうですね。僕も今、義援金を集めてコンサートをやって、今月（八月）中には全部精算ができるもんですから、来月、まあ、福島の放射能被災地に直接持っていこうと思ってるんです。

寂聴　ええ、自分で持ってったほうがいい。それで、それをとにかく新聞でも書かせるのね。そしたら、それが証拠になるからごまかせない。だって、何です、あの、お金集めてるとこあるじゃない。そこなんて今調べたら、集まってるお金の半分も、まだみんなのとこに届いてないのね。

さだ　行ってません。

寂聴　そんなのひどいじゃないですか。

さだ　手数料もけっこう取りますからね。

寂聴　それで、今それだけのお金を銀行入れたって利息ないのよ。

さだ　ないです。本当に利息ないです。

寂聴　ほとんどない。それなのに出さないのはどうして？

さだ　出さない。

寂聴　何のために出さないんですか、あれは。

さだ　わかりません。

寂聴　それでね、もらった人に何々に使うためなんて言うことない。全部失った人はね、何に使うなんてそんなことどうでもいいんです。お金を手に持つだけでうれしいの。安心するんです。そうでしょう？

さだ　そうですよね。そこで問題になるのは、平等にっていうのは、どう平等にすればいいんでしょう。

寂聴　そうなんですよね。やっぱり平等にするって難しい。

さだ　例えばお父さんお母さんを亡くし、おじいちゃんおばあちゃんを亡くし、きょうだい三人で残った、家もない、という人がありますし、逆に、娘を二人亡くし、お父さんお母さんは生き残ったが、家は半壊ってお宅もありますよね。これをどう平等に……。

寂聴　平等なんてできないわね。

さだ　できないですよね。

寂聴　残ってる人数で。

さだ　だけども、私はやっぱり残ってる人数でやるしかないと思いますね。

寂聴　だから、ここに二人残って、ここに一人残ってたら、その数であげるしかないんじゃないかしら。

さだ　亡くなった方に対する弔慰金だとかそういうんじゃなくてですか？

寂聴　そんなこと言ってたら計算できないですよ。

さだ　そうですね。

寂聴　だから、とにかく今お金が欲しいのね。それで、それはね、使いたいというよりも、まず本当に困った人は現金を持ちたいのよ。

さだ　わかります。

寂聴　現金を持っただけで心が和むんです。それは拝金主義というのとはまた別の話よ。

さだ　わかります。刑務所入る人は現金持っていくんですよね。出てくるときに一銭もないから。だから、例えば百万なり持っていって預けて、刑務所で服役して、出てくるときにはそのお金持って出てくるわけでしょう？　だから、とにかく現金というのはやっぱり……。

寂聴 要るんですよ。

さだ 欲しいんですよね。

寂聴 欲しいんです。それ使わなくてもね、見るだけで心が和むんですよ、そういうときは。

さだ 和むんですか（笑）。

寂聴 和むんですよ。

さだ まあ、困ってるときはそうですよねえ。

寂聴 うん、うん。

さだ 僕、グレープ[*23]のときに給料上がって、三十万ずつ吉田ともらって六十万になったときに、ちょっとベッドに撒いて、それで、吉田と交代で……。

寂聴 寝て（笑）。

さだ 寝転がりましたよね。

寂聴 うんうん。

さだ 本当、現金というのはそういう力はありますよね。

寂聴 そういう力がある（笑）。撫でただけでね、なんかホッとするんですよ。

さだ まあ、なんかけがらわしいような、ありがたいような、本当ですね。

寂聴　これはこれとまったく関係ないけど、その話で面白いの。舟橋聖一さんという作家がいたでしょう？

さだ　はい、舟橋聖一さん。

寂聴　あの方、面白い人でね。お金持ちなんですよ。大金持ちの息子で元々お金持ちなんだけどね、流行作家になって、文壇の大家になってから目がほとんど見えなくなって、それでも書いてたの。その頃、私がなんか気に入られて、ちょいちょい会ってたんですね。そしたら、ある日、「寂聴さん、あなた、原稿料はどうやってますか」って。「どうやってるって何ですか」「現金でもらってますかね。それとも銀行へ振り込まれてるか？」。その頃、どの出版社も面倒くさいから銀行へ振り込むようになってたでしょう？　今でもそうでしょう？　「ああ、私、なんか銀行に入ってるような気がします」と言ったんですよ。そしたら、「それはよくない。原稿料は必ず現金でもらいなさい。私は手に現金を、今月これだけ働いたってそのお札の分量で、その感触でもって、『ああ、これだけ今月働いたか』と思うと、非常に勇気が出てくる」（笑）。あの方は、お金持ちなのよ。一番売れてる人なんですよ。それで、そう言いましたよ。

さだ　ああ、さまざまなとこにエネルギー源があるわけですね。

寂聴　だから、必ず手で触らなけりゃ、まあ、それはご自分、目が見えないから触るんでしょうけど、とにかく手で、たなごころでもらいなさいって教えられた。

さだ　わかるなあ。あの帯封の……。

寂聴　（笑）そんなにたくさんくれるもんですか。原稿料なんて安いもんです。

さだ　百万円がポンと置いてあると、ひとまずペシペシ（ほおをはたくポーズ）ってしたい感じありますもんね、なんとなくね。

寂聴　（笑）

さだ　なんかペシペシペシって。それ人のものでもね、ペシペシしたくなる感じありますもんね。一度、一千万という額を目にしたときに、「ちょっと、ちょっと貸して。二分貸して」って、置いて枕にしました。

014　その前　寂聴さんの出家。

さだ　僕、寂聴さんの出家っていうのは理想的な出家だと思います。

寂聴　そうです。私もそう思います。

さだ　お坊さんというと思うに、徳川以後の檀家制度で僧というものの哲学性がすごく損なわれたと思うんです。勉強もしなくなったし、仏教の中の新しい宗派って起きてこないですよね。

寂聴　こない。起きてこない。

さだ　それはやっぱり檀家制度のせいじゃないかなって、僕は思うんです。葬式仏教になってしまった。僕、本当に哲学宗教としての道って考えたときに、寂聴さんの出家というのは一つの、本当に未来に対する一つの提言でもあり、証明だと思うんです。こういう人が僕、続々と出てくると思います。

寂聴　出てくるかもしれませんね。男、どんどん出てきたほうがいいと思う。

さだ　僕、本当、僕に欲がなかったら出家したいですもん。寂庵、僕二度目ですけど、うらやましいんですよ。ちょっと俺、ここいたいです。

寂聴　（笑）どうぞ！

さだ　本当に出家します、俺、なんぼでもします。

司会　でも、先生、出家してからも全然忙しさは変わらないわけですよ。昔と。

さだ　まあ、そりゃ職業としてのお坊さんになったわけじゃないから。

寂聴　そうなの。それで、私は言うんだけど、書くのは自分の快楽なんですよ。好きで書いてるから。

さだ　まあ、大きな意味で趣味ですよね。

寂聴　趣味。快楽、喜び。快楽なの。お酒飲むとおいしいみたいに書くのが好きなんだから。だからね、これは夜寝なくてもいいんですよ。ところが、出家すると義務があること知らなかったの（笑）。

さだ　お坊さんとしての義務？

寂聴　はい。だから、出家といったら頭剃（そ）ったらいいと思ってたんですよ。そしたら法師の、*24今（こん）（東光（とうこう））先生は「頭剃らなくていいんだよ」とか、「やってもいいんだよ」とか言うの。私、それはちょっと違うんじゃないかって。「私は人間がダメだから、やっぱり形から入らないと出家が全うできない気がします」って言ったんですよ。それで、「やっぱり剃ります。男も断ちます」って言ったら、「それならいいや」って。それで中尊寺で剃髪（ていはつ）してもらって、もうそれでいいんだと思ってたんです。そうしたら今先生は何も教えてくれなくて、「おまえ、字が読めるから本読んで勉強しいや」って。それで、しかたがないから、なんかよくわからないから、はじめから天台宗は何かというところから勉強したんですよ。それで、お釈迦さんの教えまでだんだんに行くじゃないですか。

さだ　お籠もりもされたわけですよね。

寂聴　そうですよ、もちろん。それも行きたくないけど、先生が行けって言うから行院できびしい行も受けました。それがとても楽しかったの。

さだ　あ、そうですか。楽しかったですか。

寂聴　それは楽しかった、二か月。もうきついけどね。

さだ　普通辛いって言いますよね。

寂聴　みんな辛いって言うけど、私は楽しかったの。だって本も読まない、何も考えないで、毎日走ったり運動ばっかりしてるんですよ。みんなお寺の子供だから、お経なんてのはもう覚えてるんです。私はね、今何を、どのお経を読んでるかわからない。毎回毎回猛勉強して、それで追っかけていくでしょ。だから、退屈しないんです。それで、全部新しいことばかりでしょ。だから、教えてくれることは基本的なつまんないことだけど、私にとってはそれも珍しい。新鮮で。だから、もう本当に面白かったんですよ。こっちは面白かった。

さだ　ああ、なんか自動車教習所に行くみたいな?

寂聴　そう(笑)。それで、はじめは一緒に歩いても、四十一人ぐらいのビリなんですよね。ところが、そこ二か月行って、最後に同じ場所を歩かされた。そしたら、七番で帰ってきた。

さだ　お、すごい。

寂聴　だから、それぐらい鍛えられてるんです。

さだ　みんな若いでしょ、もっと。

寂聴　みんな、だって私の子供みたい。ハタチ前後のピカピカです。だから、それは私はもう、もう一回してもいいと思うぐらい。

さだ　えぇー。

寂聴　だから、面白かったの。

さだ　でも、そういうことをしたあげく……。

寂聴　やっぱり義務がある、お坊さんに義務があるってことがわかったんですよ、だんだん。そしたらね、やっぱり出家させてもらったんだから、やっぱり義務ぐらい務めなきゃと思って、それがもう義務がいくらでも来るんです（笑）。

さだ　そりゃあそうですよね。ここをせんどと来るでしょうね。

寂聴　私、ほら本来、真面目でしょ、人間が。優等生だから真面目なんです。

さだ　責任感が強いから、いろいろ引き受けちゃうでしょう。

寂聴 そう、だから、これしなきゃいけないと思うんですよ。それで……。

さだ それで岩手のほうに。

寂聴 そう。ボロボロのお寺を身銭切って直したんです。

さだ 身銭切って？

寂聴 一銭ももらってないのよ。身銭切って。

さだ いくらかもらったらどうですか、それ。

寂聴 うん、そう、だけど、私が今でも年に四回行かないとすぐつぶれるの。だから、やっぱり年に四回私が行って法話をすれば、それだったら……。

さだ どうやら行けるんですか。

寂聴 まあ、一年間持つ。でも、それいつまで行かれるかねえ。まあ、今まだ行ってますよ、ちゃんと。

さだ すごーい（笑）。すごいなあ。

寂聴 だってやってみなきゃわからないことがいっぱいあるんですよ。それで、もういかにお寺がやっぱりダメかってことがわかりましたね。だから、このまま行ったら、そりゃ仏教も、これはもうやっぱり日本の先行きと同じだと思うわね。

さだ 僕の仲のいいお坊さんが脳腫瘍（のうしゅよう）で亡くなりまして、息子が跡を継いだんです。で、この春か来春ぐらいには晋山式やって、住職になるんですけども、その息子が面白いこと言うなと思ったのは、本来お坊さんがあるべき場所というのは福祉じゃないかっていうんです。社会福祉。だから、例えば行き場のない人、要するにお年寄り、お年寄りが一番困るのは、私が死んだあとどうなるんだろうという不安。これを今は行政に頼む。でもそうじゃなくて、本来はこれ町内にあるお坊さんが面倒見てやるべきだったんじゃないかと。「あんたは元気でいるかい。何か欲しいものないか。大丈夫、大丈夫、死んだら葬式ぐらい俺が出してやるから、心置きなくあの世に行きなさい。生きてるうちは、困ったことあったら言って来なさい」という空間が本来お寺であるべきだって言うんです。

寂聴 そうですよ、そうですよ。

さだ でも、それをもっと具体的にやるには、資格が要るんですって。例えば福祉士の資格とか、勝手にできないんですってね。万が一お金が発生したときに詐欺行為とか窃盗行為にならないようにするのに、そういう資格がいるんです。それで一生懸命彼はその資格を取って、それで、地域が、殊にお年寄り社会になっていくうえで、自分の場所がそういう人たちのまさに命の駆け込み寺みたいなふうにしていかないと、今後宗教は立ち行かないんじゃないか、仏教は立ち行かないんじゃないかっていうことを言ってるんです。

寂聴　ちょっと最近、若いそういうお坊さんがちょいちょい出てくるんですよ。それで、人集めて、本当にお金取らないで何かしてる。歌ったりとかね。そういうのが出てきて、私はその世代に期待かけてます。年寄りはダメ。

さだ　ダメなんですか。ダメ？

寂聴　ダメ。

さだ　ありゃりゃりゃりゃ、あいたたたた、ダメ。

寂聴　四十代、三十代、二十代ね。これからっていう子がハッとするようなことを考えてます。

さだ　今度、その二十代、三十代の坊主集めて講習会やりましょう。寂聴塾を。

寂聴　それはね、本当それしかない、立ち行くのは。

さだ　ちょっと俺、やりますわ。瀬戸内寂聴保存会の会長として（笑）。

寂聴　（笑）だってね、私が一番不思議だと思ったのは、戒名、あんなもの要らんですよ。だって覚えてないもん、誰も。自分の父親、母親の戒名、あんな長ったらしいもの覚えられんよと。俗名でしょ。だけど、その戒名が高いでしょ。芸能人なんかもみんな院号つけてますよ。院号がつくと高いんですよ。何百万もするのよ。

さだ　えー、何百万も？

寂聴　六百万円とか、もうすごいんですよ。それで、それを出すの、彼らは。だからね、私は天台寺[*25]行ったでしょ。そしたら、私が行ったら安心して、みんな続々年寄りが死ぬんですよ、じいさんばあさん。

さだ　（笑）

寂聴　また葬式、また葬式でね、そのたんびに私が戒名をつけるの。それで、私はほら、何といったって文学者だからね、いい戒名をつける（笑）。

さだ　そりゃそうですよ。僕も寂聴さんにつけてほしいですよ。

寂聴　それで、いい気になってつけてたんですよね。そしたら、寂庵に法話を聞きに来る人たちが次々、戒名つけてくれと言ってくるんですよ。それで、はじめは「あ、いいよ」なんて、もちろんタダでつけてあげてたの。そしたら、そのあとに、その戒名を持って本来のお寺へ行ったら怒ってね、「こんな戒名を持ってきて、もう、じゃあ、そっちで葬式してもらえ！」とかって言って、してくれない。戒名代で成り立ってるの、お寺は。

さだ　なるほど。

寂聴　それが堕落させたの。それでね、私も困って、つけてあげてもいいけど、やっぱりこれは私につけてもらったって言わないで、「お父さんが前からつけてあった。だから、これでやってください」と言って、いくらか戒名代を包みなさいって。そしたら、やってくれるって。でもね、面倒くさいから、今はもう天台宗の檀家しかつけないことにした（笑）。

さだ　あれ、だけど、そういう意味では、もともとは同じだったんですけど、神道なんかは、僕死んだら「さだまさしの命（みこと）」じゃないですか。

寂聴　（笑）

さだ　神道なら、簡単なのに（笑）。

寂聴　それでもう、戒名要らないじゃないかってみんな言うでしょ。だけど、私もよくわからなかったのがわかったのはね、日本の仏教の葬式っていうのは、これは出家させることなの。だから、出家の式なんですよ。だから、出家した者でないと、あの世に入れてやらないの。行かれない。それで、死んだらすぐ出家させて、寂聴みたいな法名をつけるわけ。それが死ねば戒名になるんです。だから、私はもうすでに出家してるから、死んでも私は寂聴ってもう戒名がついてるわけ、生きてるあいだにね。だから、普通の人が死んだら、戒名をつけて、それであの世に渡してくれるの。だから、仏教で葬式をしてもらうには戒名をつけられるんですよ、それは。つけなきゃいけないの。それみんなわからないから、何だか知らないけど、死んだらあんな長い長い戒名つけて（笑）、金取られるって思ってしまう。だから、いやだったら仏教のお葬式をしなければいいのね。でも、キリスト教だってやっぱりあるでしょ？　クリスチャンネームってつけるじゃないですか。

さだ　そうですよ。マネージャーのお母さんなんかエリザベスですから。どこがエリザベスなんだって（笑）。京都のおかんですよ、それ。そのへんの京都のおかんがエリザベスでっせ。おとん、死んでヨゼフでっせ。

寂聴　（笑）なんかおかしいよね、あれもね。笑っちゃいかんけど（笑）。

015　その後　被災地でのスキンシップ。

さだ　やっぱり被災地に入ってみると、本当に現金が必要だというのはよくわかりますけども、次に欲しいのは仕事でしょうね。

寂聴　そうでしょうねえ。

さだ　仕事がないと。やっぱり一番欲しいものは仕事かもしれませんね。漁師さん、例えばさっきおっしゃったように、船がないと仕事もできない。

寂聴　そうそう。あれはかわいそうですすねえ。

さだ　どうにもならないですよねえ。

寂聴　本当に船あげたいですねえ。

さだ　そうですね、本当に。たまたま行った遠野のボランティアセンターで、みんなで記念撮影しようかって、みんな若い人がワーッと集まってきて撮影したとき、いろんな人がいろんなことをささやいていくんです、僕に。そしたらね、一番ビックリしたのはマッサージ師さん。ボランティアでマッサージやってる人が、「さださんね、避難所にいるときよりも」――仮設住宅にみんな入りましたよね――「仮設住宅に入ったあとのほうが肩こりがひどい」って言うんです。

寂聴　ああ。私、でもね、必ず行ったらマッサージするんですよ。

さだ　あら。

寂聴　マッサージ、本当にうまいの。

さだ　あらら。避難所の方をマッサージして？

寂聴　ええ、もう必ずやるの。それで、私は、まあ二、三人してあげようかなと思ってね

さだ　(笑)、それで、「くたびれてる人、私は何もできないけど、マッサージが上手だからしてあげます」と言うの。そしたら、パッと飛んできた人がいてね、それで、しようかと、ふっと見たら、ずらーっと並んでて(笑)。

寂聴　(笑)

さだ　それでね、もう三時間ぐらいしなきゃならなくなった。

寂聴　えー!

さだ　でもそれね、それしかできないから、私は。

寂聴　それなさるんですか。それは立派ですねえ。

さだ　私が出た徳島[*26]の女学校はね、卒業する前にちゃんと専門家を呼んで、全員にマッサージを習わせるの。

寂聴　へぇー。

さだ　それで卒業させてくれるの。それを受けないとダメなのね。それでね、夫を揉(も)みなさいというのかと思ったら、お嫁に行ったら舅(しゅうと)と姑(しゅうとめ)を揉みなさいって。

寂聴　頭いいですね。

さだ　そんな古臭いいとこ(笑)。

寂聴　策略ですね。

寂聴　（笑）それで私がね、その卒業生の中で一番上手だったの。何か知らないけど。

さだ　はぁー！

寂聴　それで、そのマッサージの先生に褒められた。「あなたが一番上手だ」って。そして、一番上手な人が校長先生を揉んで出るのね。

さだ　へぇー。

寂聴　だから、私は校長先生を揉んだの。

さだ　生徒総代ですね、要するに。

寂聴　そうそうそう。

さだ　うわあ。

寂聴　それで揉んでね、一番最後はこうやって、こう頭を叩くのね。校長先生の頭を叩いて卒業したのは私だけ（笑）。

さだ　（笑）なるほど。

寂聴　だから、ちゃんと習ってるから自信があるんですよ。それでね、それをしてあげたら、もう本当に喜ぶ。触ってもらいたいの。

さだ　触ってもらいたいんですね。

寂聴　だから、スキンシップですよね、そうなればね。

さだ　はい。いい先生って患者の手握ってますもんね、じっと。話聞きながら「うんうんうん」って。そうか、先ほど痛みがわからないと、本当に経験しないとわからないとおっしゃいましたけど、やっぱりお医者さんって自分が病気になった人少ないから、親身になってくれないかもしれないですね。

寂聴　（笑）それで、今、仮設住宅の人が肩がこると言ったでしょう？　仮設住宅も私はずいぶん行ってるんですよ。そしたら、本当に仮設住宅に住んでる人たちが肩がこる。

さだ　なぜなんですかね。

寂聴　もうだって、同じようなところへ入ってね、そりゃ住めるのはホッとするけど、そりゃもうあんな仮設住宅で何が面白いですか？　道具が置けない。何でも壁ぎわに積み上げておく。

さだ　まあ、そうですね。判で押したような家ですもんね。

寂聴　それで、昔、自分のいたとこに比べたら狭いでしょう？　田舎は大きな家にいるじゃないですか、みんな。それがもうダメだからね。

さだ　ああ、そうか、そうか、そういうことですね。

016 その前　すべての宗教は新興宗教だった。

さだ　仏教って結局生きてる人のためのものじゃなきゃダメじゃないですか。生きてる人のものですよね。でも、それを手放しちゃったんですよね、既得権益になってしまった。二十代、三十代の坊主を教育する会、やりたいですね。

寂聴　さださん、何か歌ってくださいよ。

さだ　はい、歌います（笑）。

寂聴　お経に節つけて歌って（笑）。

さだ　そうそう。それで、おまえらに日本の仏教と日本人の心はかかってんだぞと。

寂聴　そうだ。今の既成仏教は、できたときは全部新興宗教だったんだからね。前からある既成仏教に反抗してできたのが新興宗教。それがよかったから残ったんでしょ。だから、今だって新興宗教、私は決して悪いと思わないんですよ。ただ、今の新興宗教はなぜかしら、すぐお金を集めるのね。それで、すぐ大殿堂が建つんですよ。

さだ　私は出家して三十五年か六年でしょ。絶対にそんな殿堂建たないですよ。

寂聴　だってお金取らないからですよ。

さだ　取らないから建たないですよ。

司会　取れば建ちますよ。取りましょか（笑）。

さだ　そっちですか（笑）。

寂聴　寂聴さんは、宗教法人にしてないんですか？

宗教法人よ。うちはここ宗教法人。宗教法人だけど単立[*27]にしたの。なぜ単立にしたかって、だって私はほら口が悪いから、だから、比叡山の悪口なんか言ったら具合が悪いじゃない。舌禍事件なんか起こしたら比叡山に迷惑かけるでしょう。それで単立にしたんです（笑）。私は単立だから、何でもできるの。それでなかったらイ[*28]ラクなんか行かれないですよ。

だから、式のしかたなんかは天台だけども、それしか習ってないから、私は単立なの。それで、比叡山は私を一山の住職にしてくれました。一山って比叡山のことで、そこにあるお寺の住職になるのはとても名誉なことなんですって。比叡山の中にお寺があるんですよ。信長が焼いたお寺で残ってるのがあるの。それを無理にくれたの。要らないって私が言ったの。そんなのもう私は要りませんって。そんなものもらったら絶対お金が要るでしょ。義務もできるし。そんなものは要りませんって言ったの。禅光坊とかっていうお寺なのね。それで、要りませんっていうのにお偉いさんが二人して、「絶対もらってくれ、もらってくれ、もうお金は要らない、義務もつけない」って言うのよ。それで、断りようがなくて、「そうですか？」って言って、それで、もらうことになったの。

さだ　お寺そのものは存在してないんでしょう？

寂聴　信長のときに、焼けちゃったまんま。どこにあるかもわからないの。

さだ　礎石ぐらいは残ってるんですか。

寂聴　何もないの（笑）。それでね、どこにあったんですかと言ったら、あわてて一生懸命調べて、「どうもここらへん」って教えてくれたのが、今駐車場になってる隅っこ（笑）。それで、それが新聞に出たでしょ。そしたら、美智子皇后がね、「あ、このたびはおめでとうございます。一山のご住職におなりあそばされて」って言ってくださって、「いや、お寺ないんです」って言ったら、「へぇー！」って驚かれてた（笑）。

さだ　そりゃそうですよね。でもすごいことですよね。女性で、それで比叡山の住職っていうのはありえない。

寂聴　初めてですって。だって何もしなくていいんだもん。だから、お寺でも建ててくれるのかなと思ったら、そうでもないの。そんなことをしたら、また面倒くさいのね。だから、そうでもない。ただ、それを受け取って、名前だけ受け取って。

さだ 名誉職なんですね。

寂聴 名誉職なの。お金を積んでもそれが欲しいの、一般のお寺は。

さだ そりゃそうですよ。

寂聴 一般のお寺はそれをもらうと、檀家から金が取れるわけ。お祝いがくる。それで、また位が上がるわけ、そのお寺。

さだ お金から離れないとダメなんですかね、この国は今。

寂聴 そうですねえ。

さだ お金は欲しいですよ。だけど、俺が欲しいっていうのはものすごい単純で、使い途があるから欲しいんで、貯めときたいわけじゃないんですよ。

寂聴 それは健全ですよ。

さだ だって、お金あったら、こっちに、こういうことに使えるなって思うから欲しいんで。

寂聴 そうそう。

さだ ですよね。貯まってるだけじゃただの数字ですもんね。

寂聴 洋服だって、五十作って五十着て死ぬわけじゃないしね、食べ物だってさ、そんなにもう腹いっぱいここからここまで食べたりしないでしょ（笑）。

さだ　そうですねえ。

寂聴　ほどほどでいいんですよ、そんなものは。そうすると、どうしてお金が欲しいって、これをしたいのにお金がかかるってものですよね。

さだ　そうなんですよ。

寂聴　その「これ」というのがその人によって女を囲いたいとか、いろいろあるよね。

さだ　それは最高ですね（笑）。

寂聴　今言った、そのお坊さん集めて何かしたり、いろいろあるじゃないですか。いろいろしたいためのお金が欲しいんですよ。それを貯金したって利息もつかないのに、しゃあないですよ（笑）。

017　その後　代受苦。

司会　本当に辛い目にあった人に、どういう言葉をかけるべきか教えてください。

寂聴　かける言葉はないですよね。

さだ　ないです。

寂聴　だから、もうそのときはね、本当に一緒に泣いてあげる。それしかできませんよ。泣けてきます、そういう人に会うと。

さだ　いや、本当に泣けてきますね。

寂聴　泣けてくる。もうかわいそうでね。それで本当にね、スキンシップって言いましたけど、とにかくもう手を握ってあげるとか背中をさすってあげるとか、とにかくスキンシップね。もう私くらいの年になったら、どんないい男でもスキンシップして大丈夫ですから（笑）。

さだ　（笑）このあいだ山田町で歌ったんですけど、かなりたくさんの被災者の方がお見えになったんですね。野外なんです。もうホールがないもんですから。どこかの広場に集まった人を見て山田町の人が、「今、山田町で暮らしてる人が全部来てる」って言うぐらい来てくれたんですよ。それで、ちょっとお天気が崩れかかってて、夜は降るだろうと。「僕、大丈夫ですよ、晴れ男だから。僕が歌ってるうちは降りませんから」って言いながら、風が強かったんですね。で、歌詞カードとか譜面台に置いといたやつが揺れるんですね。そうすると、僕が歌いだしたら、泣くんですよ。前のお客さんがウーッとこうなるんですけど、譜面台が揺れると譜面台を留めるじゃないですか。足で留めながら歌うと笑いが起きるわけですよ。そうすると、何回かそれやるとマネージャーが脇から出てきて、それ押さえますよね。変な格好ですよね。それでも歌わなきゃなんないわけですよ。そしたら、今度はものすごい勢いで、その全体が倒れたんですよ。倒れてきたら、それを押さえようとしたら、今度はマイクがボタッと倒れるんですよ。コントですよね。

寂聴　(笑)

さだ　それで、神様いるなあと思ったんです。あのまま歌ってたら、みんなでおいおい泣くムードのところが……。

寂聴　笑ってくれた。

さだ　それで笑えるんですよね。それで、みんながなんかホッとして。そしたら、せつない歌がスッと入っていくんですね。

寂聴　なるほどね。

さだ　だから、天の配剤というけども、ああ、そうか、真っ向からせつない歌を歌うと、本当に一緒に泣くしかないけど、こういう天の配剤でみんな大笑いすると、次のなんともせつない歌がスーッと入っていくのがわかるんですよね。だから、僕らの場合には歌が仕事なもんですから……。

寂聴 音楽ね、その歌を歌う人たちが行ってあげると、一番直接に伝わるからうれしいですね。

さだ そうですねえ。

寂聴 それはもう、そういうのを聴きたくてしょうがない人たちだものね。

さだ はい。で、笑いたがってるんですね。

寂聴 そうそう。

さだ どんなつまらないことでも笑うんですよ。だから、ああ、そうか、人間というのは、本当に追いつめられると一番必要なのは笑いなんだなと思いました。

寂聴 だって、笑ったらどうしたって血のめぐりがよくなりますからね、元気になりますよね。

さだ ああ、そうですね。

寂聴 それで、私はよく言うんですけど、悲しそうな顔をしてお通夜みたいな顔をしてたら、それは不幸がそんな顔好きで寄ってくるって。

さだ （笑）貧乏神が。

寂聴 だから、「幸せは笑い顔に来るのよ」って言うんですよ。「ニコニコしてる人のところへ幸せは来るから、皆さん笑ってください」って言うんです。

さだ だって、寂聴さんの法話は笑いがありますもんね、常に。本当に面白いですもんね。

寂聴 これはやっぱり人間にとって一番大切なことかもしれないですね。

さだ 笑わそうと思ったら笑わないのね。

寂聴 ああ、そうですね。

さだ だから、何か私が一生懸命話してるのをなんで笑うのよって（笑）、そういう感じですね。

寂聴 （笑）でも、やっぱり本当にそうだと思いますね。

一番おかしかったのは、私、耳が遠いんですよね。それで、今日（補聴器）何も入れてないけど、あなたの声はよく聞こえるからいいんですけど、法話するでしょう？ そしたら、最後に身の上相談みたいなことをするんですよね、手を挙げさせて。そうすると、あるとき、前のほうにいた奥さんがね、とてもしとやかなきれいな方よ、その人が立ってね、それで、なんかぶつぶつと言ったの。それで聞こえないの、本当は。聞こえないけど、わざわざ立って言うんだから、いいことがあったんだろうと思って、それで、「それは結構ですね」って言ったの（笑）。そしたら、みんながウワーッと笑うの。その人はこうやってうつむいてるの。そしたら、秘書が飛んできて、「『このあいだ、主人が亡くなりました』と言ったんです。何が結構ですか」って怒られて、ああ、もうどうしようかと思って、私、急いでその段から飛び降りてその人のところへ行って、「ごめんなさい、ごめんなさい、私、耳が遠いから聞き間違えてね、もう本当にごめんなさい、失礼しました」って。そしたら、その人がこうやってるんですよ（顔をふせるポーズ）。だから、まだ怒ってるのかなと思ったらね、プーッと噴き出して。笑いをこらえてたのね（笑）。それでね、「主人が死んで初めて笑わせていただきました。ありがとうございました」って。そしたら、またみんながワーッと笑ってくれて、それでおさまったの。そういうバカなことを（笑）。

さだ　いやあ、いい話ですね。でも本当に、人が「実は亡くなりましてね」と言うときに、笑うんですよね、日本人ってね。これはたまたま小泉八雲の評論を読んでて、同じことが書いてあるんでビックリしたんですけども、自分の旦那が亡くなったって骨壺を持って帰ってきて、そのお手伝いさんが「もうこんなんなっちゃいました」って笑ったっていうのを見て、アメリカ人の奥さんが、こんなに薄情な人間が世の中にいるんだろうかと思ってものすごく怒って、「自分の旦那が死んで骨壺に入ったのを見せて、『こんなんなっちゃいました』ってヘラヘラ笑うような人間は許せない！」って激怒したっていうんだけども、小泉八雲は決してそうじゃないんだと。日本人のそういうときの笑顔というのは、うれしくて笑ってるんじゃないんだと。相手を中心に物を考える人たちだから、できるだけ相手に不愉快な思いを与えまいとするその防御が笑顔になってるんだみたいなことを書いてあったんですよ。ああ、まったくもう僕、被災地に行って、その笑顔によく出会うんですよねえ。その笑顔はやっぱりどこか寂しいですね。でも、何かしょうもないこと言って歌を歌ったりして、お客さんがパンッと笑うときの笑顔って、いい顔なんですよねえ。だから、そういう顔に会いに行ってるのかな。

寂聴　でも、いい仕事よね。私もそうだけど、あなたも自分の歌を歌ったりなんかして目の前で相手の反応、本当に相手が幸せに笑ってくれるのを見られるっていい仕事ですよ、それは。

さだ　本当にそうですね。僕、ときどき、禅宗のお坊さんに、「おまえより俺のほうが坊主の仕事してる」って言うんですよ。坐禅、托鉢、辻説法。「坐禅しながら曲を作り、コンサートしながら托鉢をし、コンサートでしゃべり、辻説法し、俺のほうがよっぽどおまえ、仏教の道歩いてるぞ」って言うんですけどね、でも、本当に目の前で泣いたり笑ったりする人を見ていると、自分の心に確実に跳ね返ってきますね。

寂聴　あ、これでよかった、悪かった、あ、しくじった。ちょっとふてくされる人もいるんですよ、僕の発言で。あ、すべった、あ、しくじったとか、もうはっきりわかりますね、コンサートで。最近は「意見には個人差があります」ってごまかしで逃げてるんですけど。本当、震災ではずいぶんいろんなこと考えました。

でもね、結局、たくさんの人が死にましたよね、今度のことで。で、なんであの人たちが死ななきゃならないか。だって、悪いことした人が死ぬというのは、まあ、いいかなと思うけど、もうみんな亡くなった人はいい人ばっかりなのよね。

さだ　そうそう、本当ですよ。

寂聴　真面目なね、つつましく生きてて、いい人ばっかりで、その人たちが死んでるでしょう？　で、われわれは悪いことといっぱいしてるのに残ってるじゃないですか。

さだ　本当です。おっしゃるとおりです。

寂聴　だから、亡くなった人に対する、何ていうのかしら、どうしたらいいですかっていっぱいお手紙が来るんですよ。「何かしてあげたいけど、私はどうしたらいいんでしょうか」って、「することがわからない」って言うけどね、それはね、もう、そう思ってあげるだけでそれが供養になってるから。

さだ　あ、その人のことを。亡くなった方のことを。

寂聴　そう。だから、どうしたらいいんですかって、もうそう思ったそのあなたの心が、それがとてもありがたいことだし、それが慰めになるんだから、だから、祈ってあげてくださいって。お祈りなんか何の役にも立たないかもしれないけど、でも、その人たちの冥福を祈ってあげてくださいって。そして、その人たちはあなたの代りに死んだんだってことを考えてくださいって言うようにしてるんですよね。

さだ　ああ、私の代わりにあの人は死んだんだというふうに考えたほうが。

寂聴　そうです。余計感謝できるじゃないですか。だから、私が生きてるのは、私の代わりにあの人たちが……。

さだ　身代わりになった。

寂聴　そう、身代わりにね。だから、「代受苦(だいじゅく)」って、代わる、受ける、苦しみね。代受苦という言葉があって、これはお地蔵さんが願をかけた中に代受苦があるんです。人の苦しみを代わってあげようっていう。ですから、そういう代わりに死んでくれたんだと。自分がだってたまたまそこで死んだってしかたがないんだからね。それが助かってるでしょう。だから、これはただ……。

さだ　だって紙一重ですよね。

寂聴　そうそうそう。何も自分がいいことしたから助かってるわけじゃないんだからね、だから、そういうことがあるから……。

さだ ああ、身代わりに命を捧げてくれたんだと思えば、感謝が生まれますね。

寂聴 そう。だから、そう思って、それで冥福を祈ってあげてくださいって、そういうふうにこの頃言ってるんです。

さだ ああ。心はそうやって、何か自分の代わりに死んでくれたと思うことでもって、永遠に忘れないで済みますもんね、感謝を。

寂聴 そう。だから、知らない人でもね、知らない人でも、その人が私の命の代わりに死んでくれたと思えば、やっぱりおろそかにできないからね。

さだ 本当ですねえ。

寂聴 「そういうふうに思ってくれる？」って、そういうふうに言うんです。

018　その前　犬に叱られる夢。

司会 若い人が欲望が薄くなっちゃって、草食系といわれたり、もう車の免許を取らなかったり、海外にも行きたがらなかったり、もちろん女の子に対してもあまり欲望がなかったり。どうしてなんでしょう。

さだ　イメージで満たされてるんだよ。イメージの中だけで十分なの。だって、ほかに何が要る？　だから、まあ、変な話だけど、人生が自慰になってるんですよ。オナニーですよ。

寂聴　はい、なるほど。

さだ　だから、別に要らないんですよ。例えばゲームっていったってタダでできますから、携帯電話で。一日だって遊べるし、死んじゃえばもう一回リセットすれば生き返るし、それで一日なんてあっという間に過ぎていくし。じゃあ、女の子と向かい合って話するっていったって、何か食べに行くったって面倒くさい。だから、人生がオナニーになっちゃってるんでしょうね。そんな気がする。だから、オナニーだから絶対安全。

寂聴　だってセックスなんかね、しなきゃよくないわよね（笑）。

さだ　そうそう。それね、するとこまで行かないんですよ、今の若い子は。

寂聴　あんないいことをね、結婚したらタダでできるのに。なんでしないの（笑）。

さだ　いや、でもね、年取ってくるとだんだん面倒くさくなったり、だんだん体力がダメになったりしてできなくなっていくのはわかるんだけど、若いうちから、性欲ってないんですかね、今の子たちは。なんか燃え盛るような。

寂聴 ないのね。ないみたい。

司会 むしろ女の子はまだあるみたいです。女の子は肉食、男は草食っていうのが最近の特徴。男の子は、本当に海外旅行にも行きたがらないし。

さだ そういえば最近の歌で気になることは、女の子が男に「きみ」って歌うんですよね。

寂聴 私、あれ嫌いなの、「きみ」って。

さだ 僕も嫌いなんですよ。何です、これ。いやですよね。

寂聴 男女共学になってから「きみ」って言うわね。

司会 ああ、たしかにそうですね。

さだ 女の子が男の子に「きみの涙を私が拭いてあげる」って言うんだよ。逆だろうって。

寂聴 (笑)

さだ 「私が守ってあげる」。そりゃあね、瀬戸内寂聴さんみたいに「私が守ってあげる」って言ってる女はいましたよ。守り方が違うじゃないですか。今、本当に守ってもらいたいんですものね、若い男は。

寂聴 (笑)

さだ　だからやっぱりね、これはカタストロフィーしかないかな。もうそれしか、残念ながら。この国に残された覚醒（かくせい）のチャンスはないいんじゃないかって、ふと思ってしまったりしますよね。

司会　最近のニュースを見て思うのは、親が子を殺しますよね。熱湯かけたり。

寂聴　そう、あれはわからない。

さだ　屈折した弱い者いじめだと思う。弱い者が自分より弱い者を探していじめる時代だから。そういうやつは本当にもう、世間出たら弱いやつなんだろうな。だから、自分の強さというのを、自分より弱い者をいじめることで確認してる。寂聴さんは子供の頃に虫を殺したりしたことありますか？

寂聴　ない。

さだ　優しい子だったんですね。

寂聴　いや、もう恐ろしいの、殺したりするのが。

さだ　僕は、赤アリがこのぐらいの幅で束になって行く上に、チリ紙を置いて火つけたことあります。もうこれだけで地獄に行くって決まってる。簡単なことなんです。原爆落としたのと一緒ですから。で、カエルを釣って叩き殺して、死んだカエルを並べたりしましたからね。

寂聴　子供はそういうことやるわよね。

さだ　やりますけどね、今それやらないんですって。残虐性を発揮できないまま、体だけ成熟しちゃう。頭は成熟していない。だから、自分より弱い者っていうのを、僕らが昔カエルを殺したみたいに、もしかしたら自分より弱い者にその自分の残虐性をぶつけてしまう対象が人になってる可能性はあるなと思います。だから、山河がないから。この国に山河ない。花粉症も山河がないせいでしょ（笑）。

寂聴　そうかもしれないわね。

さだ　この前、犬に説教された夢を見たんです。僕、今アルバム[*29]を作ってるんです。曲作りしてるときって寝られなくて、さまざまな妄想を半分寝た状態で見るんです。で、僕は犬に懇々とお説教されてる夢見たんです。「『犬死に』なんて気安く言うな」って俺、犬に怒られた。「何の役にも立たないで死んだことをおまえら『犬死に』って言うだろう。じゃ、人に迷惑かけて死ぬことを俺たちは『人死に』って言うぞ」ってすごい犬に怒られて、申し訳ないなと思って、あ、たしかに言われてみりゃそうだよなって。それで犬がね、そう言うんです。「おまえらはひどい。俺たちは共食いしないぞ」って。たしかに犬って共食いしないんですよ。絶対共食いしないんですって。親父（おやじ）が言ったんです。戦争中に犬食うじゃないですか。食い物ないから。

で、犬が来たから犬に肉をポーンと投げると、尻尾巻いてパーッと逃げるって。絶対食べないって。犬は絶対共食いしない。わかるんだって。

寂聴　高尚よね、人間より。

さだ　人間より高尚ですよね、犬って。

寂聴　恩を感じるしね。

さだ　恩を感じますよね。人間感じない人多いですもんね（笑）。

寂聴　忠犬ハチ公なんているじゃない。人間はないよ、そんなの。夫だって待たないですよね、そんなに。

さだ　三年も、四年も待たない（笑）。

寂聴　待たないですよね、三年も四年も。なんか犬ってステキですね。俺、本当に犬に怒られた歌っていうのを書こうと思って、真面目に。人に迷惑かけて死ぬことを「人死に」って言うぞって犬に叱られたとき、目覚めたもん、本当に。目からウロコが落ちました。そうだなと思って。[30]

寂聴　すごく高尚な人ね。夢の中で犬に怒られるなんて（笑）。

＊22　あのダム　群馬県吾妻郡で建設が進められている八ッ場ダム。

＊23　グレープ　さだと吉田正美によるフォークデュオ。活動期間は一九七二年～七六年。「精霊流し」「無縁坂」はグレープ時代のヒット曲。

＊24　今（東光）先生　一八九八年～一九七七年。天台宗僧侶であり、小説家、参議院議員。「寂聴」の法名を与えた。

＊25　天台寺行った　一九七三年中尊寺にて天台宗で得度。一九八七年天台寺住職となる。

＊26　徳島の女学校　徳島県立高等女学校（現・徳島県立城東高等学校）。

＊27　単立　何らかの宗派に属さないこと。

＊28　イラクなんか行かれない　一九九一年四月、救援カンパと薬を持ってイラクを訪問。

＊29　アルバムを作ってる　二〇一〇年六月発売の「予感」。

＊30　犬に怒られた歌　「予感」に収録された「私は犬に叱られた」。

第四章

許されて生きる。

019 その後 日本復活。

さだ この二十年のあいだに阪神淡路の震災があって、それから、中越の大地震、これ二つあって、それから、今回の東日本大震災。たかだか二十年のあいだにこれほど悲惨なことがあって、例えば今回は津波が来なかった、死者もゼロだったから報道になってませんけど、一番揺れたのは栗原[*31]ですよね。震度七ですから。でも、栗原はその前の、去年だかおとといだかにも大地震で何人か亡くなっている。……こういうことがずーっとこの国はつながってきたんでしょうね、今までも。ということは、これからもずっと続いていくってことですよね。

寂聴 あるんです。だって地震帯なんだから、日本はね。地震の起こる国なんだから、起こって当たり前なんですよね。

さだ つまり、今回は東北でこういうことがあったけど、今日、私に起きてもおかしくないということなわけですよね。

寂聴　おかしくないんですよ。だから、今度は名古屋だとか京都とかって言ってますけど、それはいつか来ますよね。

さだ　必ず来ますよね。

寂聴　いつか来ます。だけど、その地震のあるたんびにね、タンスにこう倒れないようにつっかいをしたり、そんなのが流行るでしょう。それから、リュックサックに物を持っていきなさいとかってリュックサックが売れたり、いろんなもの売れますよね。それで枕元に置きなさいって。あれね、あれしたってダメってどこかに……。

さだ　ダメですか。

寂聴　ダメって書いてあった。そんなもの役に立たないんですって、本当のときは。

さだ　ああ、本当のすごいことになると。

寂聴　第一、ワーッと来てパーッと飛び出したら、リュックサックなんか持っていく？

さだ　そりゃそうですね。

寂聴　逃げようと思って、それぶつかって転んで、もう怪我しますよ。あんなものしたってダメ。とにかくもう、とにかく逃げるしかないんだってね。

さだ　うーん、本当ですね。

寂聴　そう書いてありましたよ。で、こんな（机の）下に入ればいいんですってね。でも、なんか入るのいやね、こんなとこ。どうなるのかと思って、今度出られなくなったりして。

さだ いや、ここへ入ったはいいけど、そのままつぶされたらいやですよね。

寂聴 うん。

さだ 新宿の高層ビルの最上階にあるスポーツジムにいた知り合いに聞きましたけど、十三分揺れたそうですよ。十三分。こっちに一メートル、こっちに一メートル、十三分揺れたそうですよ。酔いますね。

寂聴 京都は竹やぶがあるでしょう? 竹やぶに入ったら助かるんですってね。

さだ あ、根が張ってるから。

寂聴 そうそう。だから、私、来たとき、竹を植えたんです(笑)。

さだ 素晴らしい防災設備ですね。

寂聴 そしたらね、普通の家に植えたら竹が伸びて畳から出てくるなんていうんですけどね、それでも、もう逃げようと。ところが、関西の地震のときはあそこにいなくて、竹やぶの家にいなくてね、『源氏』を書いてたから川のそばのマンションを買って、そこで書いてたんです。そしたら、こんな揺れました。

さだ ああ、やっぱりかなり。

寂聴　かなり揺れた。それでもね、私のいた棟はどうもなくて隣のほうが大揺れで。ちょっとしたあれなんですってね。

さだ　ほんのちょっとの差なんですよねぇ。

寂聴　ほんのちょっとなんですって。全部物が落ちたなんて言ってましたけどね。それで私、翌日もう現地へ行ったんですよ。そしたら、道がこう割れてるから、だから車なんて通れないのね。それで、歩いてずっと行ったんですけど、二階建ての立派な家がパシャッと、もう全部パシャ、パシャッとつぶれてましたよ。そのとき思った。こんな石が、こんなのが全部倒れてるんですよ。でも木がね、大きな木は倒れない。だから、今回の震災で木は強いんだなと思った。

さだ　木は強いんですね。ところで不公平だなと思ったのは、この通りまでは津波に完全にやられてるのに、通り一本離れたら何でもないんです。

寂聴　そう。本当に何でもないですよ。あれ不思議ですね。

さだ　あれはなんかこう、何でもなく残った家も、ちょっと痛いでしょうね。

寂聴　ちょっと困るでしょうね。

さだ　隣があんな目にあったのにと思うと。……まあ、今度の震災からどう立ち直るかで、この国の次の時代が見えるような気がするんですね。

寂聴　うん。でも、私ね、その神戸のとき行って、自分の足で歩いて、もう本当に大変なところで、泣いてる人もいたし、呆然としてる人もいたし、そういうのを見てるでしょう。あのもうメチャメチャになった神戸が、今もうどこにそれが残ってますか。

さだ　そうですね。

寂聴　もう立派になったじゃないですか。

さだ　本当きれいになりました。本当ですね。

寂聴　だから、本当に日本人ってすごいと思った。だから、今度も私はね、時間がかかるかもしれないけど、絶対に立ち直れると思いますよ。

020　その前　老人の力。

寂聴　私は家族を捨てて、家族を破壊した人間だから、とても言いにくいんだけど。今になっていろんな身の上相談なんかを聞くでしょ。そうすると、やはり日本がこれから成り立っていくには、家族制度だと思う。日本がダメになったのは、アメリカが勝ってやって来たでしょ。そのとき、なんでこのちいちゃなちいちゃな日本がこれだけ抵抗して、あれだけ戦争に強かったか。それを研究したんですって。そしたら、家族制度だったんですって。だから、まず家族制度をつぶせって命令が出たんですって。それで核家族の方向に持って行ったんだって。

さだ　そうですね。七〇年をピークにガーッと流行りましたね。

寂聴　そしたら、もうみんな姑やなんか嫌いだから、ホイホイとうれしがってしまって核家族になったわけ。で、スープの冷めない距離とか言って別居してしまった。だから、家庭に年寄りがいなくなった。家には、子供とお父さんとお母さんだけ。この頃のお母さんは奥さんじゃなくて外さんだからね、もう外へばっかり出たがるじゃない。

さだ　外さんですよね（笑）。奥さんじゃなくて外さん、本当だ。

寂聴　そうすると子供は、朝起きたら「ご飯を食べなさい」とか冷蔵庫に紙が貼ってあって、「この中にご飯が入ってますよ」なんて書いてあるけどお母さんいないのね、どこか行っちゃって。それから、学校から帰ってもすぐ塾に行くから家族で食べないじゃない。そういう家族になったのね。子供が何をしてるかわからないし、親の愛なんて感じる暇ないよね。でも、義務を果たしてると親は思ってる。「ご飯は食べさせてますよ」って言うんだけど、それはコンビニのご飯でしょ。それは違うのよね、子供にとっては。

さだ 犬飼うのと変わらなくなっちゃってますね。

寂聴 そうそう。餌よ。餌を与えてる。だから、家庭の中はそりゃ冷たいじゃない。帰ってきたくないような家ですね。私たちの時代は、とにかく夕方になったら遊びすぎて怒られるぐらい遊ぶんだけれども、家へ帰ればお父さんお母さんがいて、そこで安心してたんですよね。それがないのね。それで、日本では、子供が年寄りになじむときがない。おじいちゃん、おばあちゃんがいても、別居してるからたまにお小遣いもらうぐらいでしょ。だから、人間が長く生きたらだんだん弱って年寄りになって、足が痛くなったりあちこちが弱って不自由になったりして、やがて死んでいくって過程を見てないのね。病気になったら病院でしょ。子供は家に病人がいるのを知らないじゃない。昔は全部家で死にました。そうすると、いやでも子供は見るんです。ああ、こうやって人間は死んでいくのかなと。みんなが泣いたり、病人が「ありがとう」なんて言ったりするじゃないの、死ぬ前に。そんなのはね、やっぱりそれ強烈に子供の印象に残ります。私は小学校の二年のときにおばがうちで死んで、臨終を見てるんですよ。

今の子は、人が死ぬってことを見てない。それで、今のお母さんは、「うちの子はデリケートだから焼き場なんか連れていけません」なんて。だけど、人間が死んで焼いてこんなふうになるんだよって、やっぱり子供に見せなきゃいけないの。それが家族でしょ。私はこれはおかしいと思ってたら、日野原（重明）先生がやっぱり私と同意見で。「私は孫を必ず焼き場に連れていきます」っておっしゃってた。

さだ 僕は祖母の死に目には会ってないんです。会ってないんですけど、僕の父があとにも先にもボロボロッと涙をこぼして泣いたのは、あの焼き場で窯（かま）におばあちゃんが入った瞬間です。ガシャーンって閉まった瞬間に、親父がボロボロッと泣いた。あとにも先にも、子供の前でボロボロ泣いたのはそのときが最初で最後です、僕の父の場合は。それでその後、お骨あげもするわけですけど、その時は夢見心地ですよね。さっきまでそこにいた……。

寂聴 そう、「なんで？」って。

さだ 「なんで？」っていう。でも、それがある種の諦めにつながっていく。もうずっとそりゃミイラみたいにそこにあったら、ずっと思い残りますよね。そうじゃなくて、「ああ、これでおばあちゃん天国行ったんだ」というふうに思い込まないとダメなんですもんね。でも本当、最近、おっしゃるように、命は病院から来て病院に帰っていく。なんかあの命の重みっていうのがどんどん薄くなってるんですね。

寂聴　で、子供産むのも私の頃は家でしたよ。で、お産婆さんが来てね。そうすると、見るなって言ったって見えるのよ、そんなの。そうすると、あ、子供はこうやって生まれるのかなってわかる。それがもう今全部病院だから子供は人間の生まれてくる状態、全く知らないものね。だから、いつまでも若いと思ってるから、おかしくなるんですよ。

さだ　だから、自分が最後はこうなるってイメージが湧かない。

寂聴　そう、わからない。

さだ　だから、最後は死んで骨になって、どんなにカッコよかった人でも、骨になっちゃえば骨なんだから。で、あのカッコよかった人があんなじいちゃんになり、あんなばあちゃんになっていくっていうのは当たり前のことでね、それは恥ずかしいことでも何でもなくって。僕は年寄りっ子だったから、もう早くから、もう本当若いうちから、早くおじいさんになりたいって思ってたんですよ。どうせ死ねないんだったら。おじいさんになるっていうイメージで生きてるから、若い頃に変なおじいさんとばっかり飲んでました（笑）。それこそ山本健吉[*32]さん、谷川徹三[*33]先生だとか、川口松太郎[*34]先生とか変な人たちと飲んでたから、じいさんのイメージができるんですよね。そうすると、なんかあんまり怖くない。年を取ることがウエルカムなんです、僕は。

司会　ライブでも本当にいつも、おじいちゃん、おばあちゃんが大事だ、お年寄りが大事だっておっしゃってますね。

さだ　自分が年寄りになるイメージがなくて、どうやって生きていくんだろうと思う。憧れのじいさん、ばあさんに一回会ってみろって。例えば瀬戸内寂聴に会ってみたら、「あ、こんなばあちゃんになりたい」と思うもの。思った瞬間に、生きる悩みなんて消えるよ。だって、こんなばあちゃんになれないよ。こんなばあちゃんになろうと思ったらね、そりゃね、家族は捨ててならんしね。

寂聴　（笑）今ね、もとの家族と付き合ってるんですよ。

さだ　ああ、それはすごいですね。

寂聴　孫も娘もよく来るんですけど……。

さだ　ああ、それは素敵だなあ。

寂聴　でもね、育てないとね、やっぱり子じゃないよ。

さだ　そうですか？

寂聴　やっぱりね、血のつながりなんて嘘よ。やっぱりね、産みの親より育ての親。育ての親は子供と苦楽をともにしてるもの。で、病気になったら、育ての親でも必ず看病してもらってるじゃないですか。で、泣きたいときは、まず涙を見つけてくれるのは育ての親じゃないですか。それはね、育てないと親じゃない。

さだ うーん、厳しいですね。

寂聴 私は自分でそう思ってますよ。

さだ それは厳しすぎるんじゃありませんか？

寂聴 いやいや、その通りよ。

さだ 命懸けで産んだという厳然たる事実はあるわけじゃないですか。

寂聴 それはたまたま産んだんだから。若くて産んで。子供は産んでくれと思ってないもの。こっちの都合で産むんだから。

さだ まあ、そうですけど、でも、命懸けじゃないですか。男なんてもっと楽なもんですよ。何もしないんですから。そりゃひどいもんですよ。だって、育てなければ親じゃないって言われると、僕なんかもうガッカリしちゃう。僕、育てた記憶ないですから。育てたのは奥さんが育てましたから。

寂聴 でも、奥さんを養ったのはあなたじゃないの。

さだ いや、それにしても……。

寂聴　奥さんが逃げなかったという。

さだ　もう僕なんかずっと旅して歩いてですよ……。

寂聴　旅して歩いたってかまわない。それは「お父ちゃんがちゃんと働いて、あんたを養ってくれてる」って奥さんがちゃんと言って聞かせてるから。

さだ　だって、打ち出の小槌(こづち)でこうやるように大きくなるんですよ、子供。会うたんびに大きくなってるんですよ。

寂聴　それは奥さんが偉いのよね。そう大きくならない子もいるよ。

さだ　まあ、だけど本当に、そうやって考えてみると、今も寂聴さんがおっしゃったみたいに家の中に年寄りの気配がないっていうのは、子供の情緒にすごい影響を与えているかもしれませんね。何かの番組で僕見たんですけど、恥をつかさどるのは前頭葉なんですって。ところが、前頭葉が未発達なんですって、近くにおじいちゃん、おばあちゃんがいないと。そうすると、恥じらいとか恥という概念が薄れるって。テレビでそれは本当かって検証する番組をやった。大学生を集めて、おじいちゃんおばあちゃん、両親と同居してるお嬢さん、両親とだけ同居しているお嬢さん、それから一人暮らしのお嬢さん、この三人の女の子を選んで、朝家を出て学校に行くときに、ハタチぐらいの子によ、手紙を渡すの、それぞれ。それで、電車に乗ったら開けてくださいって言われて渡されて、それを電車に乗って開くと、「化粧をしてください」って書いてあるの。そしたらね、一人暮らしの子はその場で化粧を始めた。それで、お父さんお母さんと暮らしてるけど、おばあちゃんおじいちゃんと暮らしてない子は、すっごく躊躇（ちゅうちょ）するの。周囲をこう見てね、で、ものすごい周囲を見て、誰も見てない、迷惑かけないなと思うときに、こうちょちょっと、ちょっと恥ずかしそうにするんだって。ところが、おじいちゃんおばあちゃんと暮らしてる子を追っかけたら、何もしないの。それ見たまま。どうするかと思ったら、駅に着いたらお手洗いに駆け込んで、そこでやったの。

司会　ほっとしますね、その話。

さだ　やっぱりそのぐらい羞恥心っていうのは前頭葉がつかさどってる。その前頭葉を育ててるのは老人だっていう説がある。僕はそれ頷いた。おじいちゃんおばあちゃんうるさい家ってあるじゃない。おじいちゃんおばあちゃん、「そんなことしてみっともない」とかさ、「なんだ、おまえ子供のくせにこの」とかって。

寂聴　言いますね。

さだ　で、おじいちゃんがそう言うと、おばあちゃんが「よかよかよか、こっち来な」。おばあちゃんはいい人で、おじいちゃんはいやな人みたいな、そうやって育ててくれた。で、近所に必ず、悪い遊びをしてると怒って来る親父がいたよね。いましたよね、昔。

寂聴　いたいた。

さだ　長崎に「まったけじいさん」っていたんですよ。まったけじいさん。松竹（まったけ）医院って小児科のお医者さんがいたんです。僕たちが樹の上でターザンごっこで飛び……そんな危ないことしてたら、必ずスクーターに乗ってくるんです。パラパラ、パラパラ、パラパラ、「なんしよっか、おまえらは！」って言うのは必ずまったけじいさん。だから、「まったけじいさんが来たぞー！」と言ったら、みんなクモの子を散らすように逃げた。そんなじいさんが町内にいなくなりましたね。だから、ご町内力が落ちたんですね。全部核になってしまった。

司会　今、知らない人から声かけられたら、すぐ逃げなさいって教育ですから、もう。そうしないと危ないですからね。

さだ　そうそう。

寂聴　で、目の前で誰か転んだら逃げろって。起こしたりしたら関係ができるって。

さだ　もう無関係でいたいわけですね。

寂聴　無関係がいいって。

さだ　たしかにマンションとかで、あんまり隣近所付き合わないですよね。

寂聴　知らないですよ。隣に誰がいるか全然知らない。それで済むんだから。

さだ　そうですよね。

司会　そうすると、その流れは、家族を大事にしていけば、まだ食い止められるんでしょうか。

さだ　だってさ、家族におじいちゃんおばあちゃんがいたら、例えばマンションでも、勤めに出てるおばあちゃんは少ないわけだからさ、ウロウロしてれば、隣近所で「あ、おばあちゃん、こんにちは」とか、まず会話になるじゃない。

寂聴　会話がない。

さだ　会話ないですよね、今。蛇口開いてないんですもん。人間関係の蛇口が。

寂聴　なるほどね。それから、昔の長屋ってのがあったじゃない。長屋って今日お醤油がないと、「ちょっとちょっとお醤油貸して」とかってね。それがないのよ、今。

さだ　ない。

司会　コンビニ行けば何でも買えますからね。

寂聴　そう。

さだ　コンビニがいけないのか（笑）。

寂聴　それから、金持ちがケチね。托鉢に行きますとね、金持ちの家の前通るでしょ。奥さんが庭に出たのに托鉢が来たと見ると、あわてて門をしめて、パッと家の中へ走りこむ。

さだ　金持ちがですか。

寂聴　金持ちよ。

さだ　いやらしいー。

寂聴　また一方では、せまい土間に子供の下駄や靴がいっぱいあって、そこから奥まで見通せるような家で、こっちがお金置いてあげたいなっていうような家、それはちょっと声かけ難(にく)いでしょ。そのまま通り過ぎたら、その家のおばあちゃんが追っかけてきて、「私が便所に入ってるあいだにおまえさんが行ってしまって。どうしてちょっと待たないの」って、それで、もうクチャクチャのお札くれるのね。

さだ　いいですね、その話。

寂聴　世の中ってそういうものですよ。金持ちはケチ。

さだ　ケチじゃなきゃ金持ちにならない。ボコボコボコボコ使ってるやつなんて貯まるわけないんだから。僕は身をもって知ってます。

寂聴　(笑)

021　その後　想像力を働かせること。

さだ　まあでも、そうなると福島ですね。一番時間がかかるのは。

寂聴　ええ、そう、そうですよ。福島は大変ですよ。

さだ　福島をどうするかですね。

寂聴　福島は大変ですよ。それでね、東京にいてもやっぱり怖いのね。地震のあとでね、すぐ寂庵に、私のところへ三組、赤ん坊を抱えたお母さんたちが逃げてきましたよ。

さだ　ほう。

寂聴　それでね、とにかく風向きが心配だって。

さだ　あ、放射能。

寂聴　東京のほうへ吹いてきたら、もうこの子たちが生きてられないっていうんですね。お母さんたち、神経質になってしまって。

さだ　その気持ちよくわかりますね。

寂聴　それでね、お父さんは仕事があるから、東京を動けない。「あなたと離縁してでも私はこの子を守ります」って、そんなふうになるの。

さだ　それが母性本能ですよ。

寂聴　そういうのが立て続けに三組ぐらい寂庵に来ました。

さだ　ああ、そうですか。

寂聴　その気持ちもわかりますよね。

さだ　わかりますね。子供たち守ってあげなきゃダメですよね。一番弱い生き物だから。いや、だけど、自分の家へ帰れない人たちをどう勇気づけていいか。

寂聴　自分がもし自分の家に帰れないと思ったら、どんなに辛いでしょう。

さだ　もう「あなた、町を捨てなさい、家を捨てなさい」と言われてるわけじゃないですか。

寂聴　そうよ。

さだ　これは辛いでしょうねえ。今度の内閣はどうにかしてくれるんでしょうか。

寂聴　そうですねえ……。でも……やっていけないわね。ふるさとってものがなくなるんだからね。

さだ　はい。

寂聴　家にあった彼らがお宝と思ってるものも全部なくなってるでしょう？　だから、私がこのあいだ行ったときはね、もう誰もいなくなった家の縁側にアルバムが置いてあるんですよね。それ、その家のアルバムでないかもしれない。流れてきてそこにあるのかもしれない。あるいは誰かが拾って置いたかもしれない。それ見たらね、いわゆる日本の中流、いわゆる中流家庭の家族がお誕生日とかなんとかとかって写るじゃないですか。ごちそうやなんか家でして。そんな写真ばっかりが出てるんですよね。おばあちゃんの家族、その次のお父さんたちの家族、それから娘の家族、三代にわたってそれが出ています。それで、家は立派な家なんだけど、立派な家だからそこは倒れてないんですよ。だけどもう住めないのね、解体のしるしの「OK」って大きく白のペンキ。周り何もないでしょう？　誰もいなくて。そして、そのアルバム見てて、どこにいるか知らないけど、かわいそうだなと思いましたよね。

さだ　ああ、本当ですねえ。気仙沼港で、桟橋全部沈んでるんですよ。で、その桟橋に行く橋みたいなのも、半分海の中に落ち込んでるんですよ。それを縫うようにどこかに船をつけて気仙沼大島に渡っていくんですけど、船を待つあいだ、ぷっと見たら、その港のそばの生け垣に子供のおもちゃみたいなものが散乱してるんです。子供のおもちゃって軽いじゃないですか。ですから、とくに波に運ばれて奥へ奥へ行くんですよね。ああいうの見ると、この持ち主は元気でいるのかなとか、この家族はどうしてるんだろうかと思う。この災害、災害って僕ら簡単に言うけれど、大事件なのになあと思うんですよね。そうやって考えたときに、これで命の重みをもう一度日本人が感じてくれるかなと思うと、震災に関係のない西日本に来ると、わりあい淡々としてるんですよね。

寂聴　そうですね。

さだ　これがつらいですね。

寂聴　だから、想像力なんてたかが知れてる。自分がその目にあわないと……。

さだ　あ、想像力では無理だということですね。

寂聴　本当はわからないんですよね。だから、広島と長崎のあんなひどいことでも、じゃあ、そのとき、北の人は同じように……。

さだ　まあ、無関係ですよね。それはそうですよね。

寂聴　それはやっぱり遠いところの話ってことになるんですよね。

さだ　遠いところの話なんですかねえ、うーん。

寂聴　本当に人間の想像力はもうしれてるんですよ。

さだ　それを恨んだりせずに、それはもう当然そうなんだというふうに認めていくほうが

寂聴　いいんでしょうね。それでやっぱり、できる限り現地に行くってことが大事ですね。

さだ　現地へね。

寂聴　その場に身を置くと、感じ方はまったく違ってしまいます。どんなにテレビがきれいになったって、絶対に伝えられない真実があるのよ。だから、少なくとも、普通の人は普通の生活してるからそんな時間もないかもしれないけど、われわれのような仕事をしてる者は、やっぱり現地行かないと相すまないと思いますね。

さだ　ああ、相すまないというのは身にしみるお言葉ですね。本当に。

寂聴　で、現地行って、その辛さやその破壊の悲惨さを自分の肌身に感じないと、やっぱり何かしてあげようがないですね。

さだ　家を突き破って、陸に上がってる船とかね、あれを見たときの最初の戦慄（せんりつ）っていうんですかね、こういうことが起きるんだという、あの恐怖感は見た者でないとわからないですね。でも、実際にそれが来るのを見た人は、もっとすごいでしょうねえ。

寂聴　そうそうそう。テレビでもよくやってたけど、逃げなさい、逃げなさいって言い続けた若いお嬢さんが死んでるじゃないですか。かわいそうねえ。

さだ　ずっと叫びながらね、自分は呑（の）まれて。かわいそうな。そんな人いっぱいいますよね。

寂聴　でも、あの人の話はおそらく、ずっと後世まで伝えられますよ。

さだ　そうですね、本当ですね。

寂聴　そうすると、体は死んだけど……命が……。

さだ　ずっと生きていくわけですね。

寂聴　生きていくってことでしょう。

さだ　そういうギリギリの命の叫びみたいなものは、僕ら拾っていって後世に伝えていくってことも仕事なんでしょうね。

寂聴　それは本当にそうだと思います。

022　その前　忘己利他の教え。

寂聴　今、親が年寄りを尊敬するってことを教えないでしょ。

さだ　うん、そうですね。

寂聴　年寄りはくさいとかね。子供はそんなくさいなんてわかるはずないの。それをね、子供が年寄りってくさい、汚いって言うんですよ。天台寺では、私が住職になってから、春秋の大祭のときに、お稚児さん出してるんです。小さな子供たちをかわいく着飾って親が連れて来ます。それで、並んで写真撮ろうとしたら、そのかわいいお稚児さんがね、年寄りが前に来たら「としよりくしゃい、きたない」って言うんですよ、子供が。それで、一人が言ったらみんなが声を揃えて「くしゃい、きたない」って言うの。それで私は腹立てて、一番最初にくさいと言った「この子のお母さん、どこにいるんですか」と言ったのよ。そしたらね、なんか私に怒られたからビックリして出てきた、「あ、私です」って。「あなた、どうして子供が年寄りくさいなんて言ったとき怒らないんですか」ってもう怒鳴りつけたの。そしたら、母親がみんなが青くなって、「寂聴さん恐ろしい」ってことになったの（笑）。いつもへらへら笑ってたから。

さだ　そういう年寄りが今いないんですよね。相手の顔色ばっかり見てる。あれはいかんですね。要するにみんな保身だから、嫌われたくないから、いいことばっかり言うんです。僕、カッコよくない年寄りっていやなんですよ。年寄りってカッコいいと思ってるんです。で、そういう年寄りが出てこないと、なんかいやなんですね。みじめだとか、体力がなくなって体が悪くなったり、そりゃわかりますよ、人間だからどんどん衰えていく。でも、気位っていうのかな、気持ちっていうのかな、そういうのはやっぱりある種、本当に苦労してきた人の話聞いてると、若造にはわからないすごさって感じることが多いんですよね。

寂聴 昔の年寄りってもっと威張ってなかった？

さだ 威張ってました。

寂聴 ねえ。今の年寄りはなんか、へいこらしてるよね。

さだ 本当。

寂聴 もっと威張っていいんじゃない？

さだ そう、突っ立ってたら叱られたもん。「おい、なんだ、座れ！ 人の前に立つんじゃない！」「あ、失礼いたしました」。そういう年寄りがいなくなりましたね。頑固親父がいないんだよなあ。根拠がないんじゃないですか？

寂聴 それで自信がないのね、年寄りが。だから、自信を持たなきゃ。大体ね、言っちゃ悪いけど、なんで年寄りはもっと働かないの。年寄りを働かせない国家の制度がきていて、それも悪いんですけど、それでも働くことといくらでもあると思いますよ。庭の掃除でも何でもいいじゃないですか。近所のゴミ拾いでもいいじゃないですか。

さだ　私はね、私、自分が元気だからかもしれないけど、なんで年寄り働かないのかと思う。それで、病気になったらすぐ病院に入って、その待遇が悪いとかってね。昔はそんなこと求めてなかったよね。自分で始末したよね。なんかそこがね、これは私の立場で言うとまた悪いと思うんだけど、反響があって怒られると思うんだけど、私はね、なんか「なんで？」と思うのよ、今の年寄りって。

寂聴　さっきの話に戻るけれど、それは結局のところ、日本が戦争に負けちゃったからなんでしょうね。

司会　そうね。

さだ　つまり、日本が戦争に負けて、その世代の大人たちが自信を失って、アメリカから入ってくるものが何でもいいということになって、文化のバトンタッチができなくなって、年寄りの権威が落ちてしまったということですか？

でも、それぞれ文化を取り出してみると、バトンタッチというのはまったく途絶えてるわけじゃない、それぞれの文化でいえば。うまく伝わってるところもある。ただ家庭だけがバトンタッチがうまくいってないって感じしますよね。それに学校の先生が怖くない。僕らの頃は学校の先生って共通の敵だったんだよね。生徒の共通の敵っていうほど偉大な存在だったから、崩壊しないよ。変にさ、なんか変なテレビ番組で友達みたいな先生が人気出たり……。

寂聴 気色が悪い。あの先生が友達みたいなの、どこかおかしいですよ。

さだ だってですよ、友達に物を教わりますか?

寂聴 そうです。

さだ 尊敬してるから「はい」って言うこと聞くんであって。

寂聴 あんなテレビの先生、威厳がないよ。

さだ 僕らは先生と取っ組み合いする生徒がいたときに、それと渡り合ってる先生、カッコいいと思ったもんね。おお、負けないいんだって。今はもう警察出てきますからね。副担任とかいて。

寂聴 親が悪いのよね。ちょっと大学を出た母親が、「あの先生は教え方が下手だ」とか「物を知らない」とか、ご飯を食べながら子供の前で言うんですよね。そうすると、「ああ、そうか、あの先生はあかんのか」と子供も思うでしょう。そんなことは絶対言っちゃいけないんですよ。先生はやっぱり教えてくれるから立派な人で、礼儀を正さなきゃいけないってことを教えるべきなのに、すぐそんな批判を親が言う。

さだ 親のせいですね。

寂聴 親のせいですよ。そんなこと言う親に限って教養ないのよ。

さだ　（笑）教養がないから言えるんでしょうね。

寂聴　そう。だから言えるの。で、それを聞いて、お母さんが偉くて先生がアホだと思うわけ。だから、もう先生尊敬しないの。それから、この頃、学校行ってね、私たちの子供のときは先生が入ってきたら、みんな「起立、礼」ってしましたよね。今は絶対お辞儀しないもんね。

さだ　そうなんですか？

寂聴　平気よ。

さだ　そういえば「いただきます」も言わないんだって聞いたことあります。誰に対していただきますって言ってるんだって。親が金出してるだろうって。

寂聴　それもう愚の骨頂よね、本当に。

さだ　それを「はい、そうですか」って言う学校もおかしいと思う。給食代は親が出してるから、「いただきます」と子供が言うのはおかしいという理屈。親がちゃんと出してるじゃないかと。根本的に感謝の気持ちが欠落してるんですよね。

寂聴　ほんとに、感謝の気持ちがなくなっちゃった。「いただきます」の意味がもうわからないのね。

さだ　「お百姓さん、ありがとう」とか言わされましたよ、僕たちが子供の頃は。「お父さんお母さん、ありがとう。お百姓さん、ありがとう」とか。

寂聴　うん、そうそう。それないの。

さだ　ないんですね。なんででしょう。やっぱりお腹いっぱいだからですかね。

寂聴　いや、やっぱり親がダメなのよ。だから、子供がおかしいのはみんな、相談に来ても、親がダメですよ、だから、「あなたが悪い」って私、いつも言うの。

さだ　でも、団塊世代を育てた親にしてみれば、戦争というもので完全崩壊して、そこから自分の経済を立て直すのに必死で、それで、家庭を顧みず、とにかく生活させること、食わせること、昨日より今日贅沢なことって、自分は食べなくても子供に贅沢させようっていう親ですよね。だから、そうやって育った子供が、特別扱いされて育ったということが一つの原因なんですかね。それで、その子があっという間に親になっちゃって、で、今度はどうしていいかわからない。

寂聴　それと、自分さえよければいいっていうのは昔はなかったですよ、日本には。みんなが一緒に、隣が困ってたら、頼まれないのに走って行ったじゃないですか。何か「足りてる？」とかね。

さだ　「余分に作っちゃったから」とかって言いながらね。

寂聴　そう。亭主が寝てて奥さんが面倒見てたら、「子供はちょっと預かってあげるよ」

って、そういうの昔は当たり前だったのね。

さだ それ福祉ですよね、本当の。

寂聴 今はそれがない。それで、自分の家さえよければいい。だから、道に人が転がってたら逃げろって、その精神なんですよ。だから、困ってるところに近づいたらろくでもないことになる、また金取られるという感じなのね。だから、もうとにかく自分さえよければいい。自分さえよければばっていう精神が、これが本当に間違ってると思う。

さだ 利己主義国になっちゃったんですね。利己主義ですね。自由のはき違え。自由って言葉のミスでしょうね。

寂聴 そう。だから、天台宗の教えで一番わかりやすくていいのは、忘己利他(もうこりた)。己のことは忘れて人のために尽くしなさいって教え、これは伝教大師(でんぎょうたいし)の教えなの。これが今は世の中になくなってしまったのね。まず、自分がよくなって、人はどうでもいいっていうのよね。だから、人のためにするってことがない。

さだ 今、それと、国が国民一人一人に気を配って、気持ちを配ってる意識が感じられない。だから、例えばほら……。

寂聴 あの子供にお金配るっての、あれいやね。いやだ。

さだ　要らんですよ、そんなもの。

寂聴　要らない。だってね、自分が産むとき、育てられるかどうか考えたらいいじゃないの。

さだ　その通りです。

寂聴　産むのには責任がありますよ。

さだ　そうだ、その通りだ。

寂聴　自分が勝手にセックスしたくて、つい、できたなんて、結果は自分が始末すべきですよ。そうでしょ？

さだ　そうそうそう。産むと決めた以上、自分で暮らさなきゃね。

寂聴　そう。だから、中学までは自分で出すってね……。

さだ　過保護ですよね。

寂聴　それをホイホイってなんでお金出すのよ。

さだ　民主党が政権取ったら高速道路がタダになるから民主党に入れますっていうのは、俺の友達で一人だけだからね。ＥＴＣ買うのがいやなやつだけ。それも半分シャレで。だけど、本当にうちの子供に金くれるから民主党に入れましたなんて家庭は少ないと思うんですけど。

寂聴 ないと思うね。家にやらないで学校の図書館を増やすとか、子供を預けられる設備を作る、そういうことすべきよ。

さだ 完全給食で無料にするとかですね。

寂聴 なんか間違ってる。

さだ 本当ですね。福祉とかそういう何か、大事にしかたが違うような。

寂聴 でも、日本の政治ってね、なんかもう国民がウワーと盛り上がってね、それで選挙に勝つでしょ。勝ったときだけで、あと二か月もしたら自分の選んだ政府の悪口を言い始める。その同じことの繰り返しですよ。

さだ 島国根性ですね。だから、まさに出家にはそういう役割を果たしてもらいましょうよ。じいさん、ばあさんが本来やっていた役を、町内のまったけじいさんを、悪いことして遊んでるガキがいたら怒鳴りつける怖い住職になってもらいましょうよ。世襲、世襲で来た政治家に貧乏人の苦労わかれってほうが無理でしょう。

寂聴 でも、選挙に出てくれって言ってきたでしょう、ずいぶん。

さだ いっぱい来ますよ。絶対いやですよ。政治の悪口言えなくなるし。で、僕一人で世の中変わるんだったら死んでもやりますけど、変わらないですもん、一人じゃ。

寂聴 そうなの。政治ったって数だからね、どんないいこと言ったって通らないのよ。

さだ　そう。で、いいこと言ったら爪はじきでしょ？　で、票だけよこせって。

寂聴　だから、私も政治だけはしないの。何でも大抵のこと全部したけど、人殺しと泥棒はしなかったけど。

さだ　人殺しと泥棒と政治だけはしない。

寂聴　しない。

さだ　ずいぶんすごいものと一緒にされて、政治家もかわいそうな気もしますけど（笑）。でも、それが国を運営してるわけだから、そこを変えていかないといけないですよね。選挙自体が、「人に頼まれたから」ってなってる。「なんとなくいい男だから」。くだらないですよ。

023　その後　辛いときは助けを求める。

司会　今回の震災で日本人が秩序正しくて取り乱さなかったってすごく外国の人も褒めたって報道もありますし、逆に言えば、現場へ行けば、やっぱり略奪もあったし、コンビニエンスストアなんかも荒らされて、空き巣も入っちゃったってこともあるし、いたしかたないのかなと思ったりするんですけど、お二人が感じる今回の日本人の強さとか、これに対する対応のしかたで思うことが何かあれば教えていただけますか。

寂聴　昔の地震のときも外国人が来てビックリしたんですってね。とにかく日本人が悠々としてて礼儀正しいって。それで騒いだりしないってね。でも、それは非常にいいようにもとれるけど、私は今の日本人はやっぱり、「困るんだ」とか「助けてくれ」とか「政府は何してる」とか、もっと口に出したほうがいいと思いますよ。昔の人は、何ていうのかしら、修身とか道徳みたいなことで、そんなときにバタバタしないのが立派なんだってふうに教えられてきたと思うんですよね。だけど、今もそれを守ってたら、もう本当に生きていかれないからね。ちゃんと税金取られてるんだから、「どうにかしてくれ」ってもっと口に出して要求したほうがいいと私は思いますね。わからないじゃない、何を今してもらいたいか私たちにはね。だから、「これが今困ってるんだ。これをしてくれ」とか、「まず現金をくれ」とか、「まず家を早く作れ」とか、やっぱり言ってほしいですね。

諦めたらもっともっと悪くなりますよ。反対しなきゃいけないことはやっぱり反対しなきゃいけない。それから原発もね、もう辞めた首相が反原発と言いましたけど、あの人が言ったことでいいのはあれだけだったけど（笑）。だけど原子力発電をやめてしまったら、電気が足りなくなるとか、日本経済が悪くなるとか、私たちはもう本当に困るのよとか、そういう話が今いっぱい出てるでしょう。そんなことないんですよ。ついこのあいだまで、私たちはこんなに電気を使っていなかったのよ。なかったんですよ、こんなもの（と、室内の照明器具やエアコンを指さす）。私ははっきり覚えてますよ。四十過ぎまで私はまだ貧乏で、クーラーなかったですよ。扇風機もなかった。それで、離れの八畳の下宿にいたんですが、そこで最初の懸賞小説書いたんです。真夏のことで、クーラーはおろか扇風機もないから、暑くてしょうがないでしょう？　本家におばあちゃんがひとりいてその人が大家さん。そのおばあちゃんに「扇風機今夜だけ貸して」って言ったんです。「壊れた」と言って貸してくれなかったの。

さだ　（笑）

寂聴　それで、まあそういうもんかなと思って（笑）。薬屋でね、扁桃腺（へんとうせん）が腫（は）れたときに冷やすための細い氷嚢（ひょうのう）があるんですよ、それを買ってきて、そこに氷入れて、氷で鉢巻してね、それで書いたの。それがついこのあいだのことですよ。そのとき、男がいて横で扇いでくれましたからね。

さだ　それいいですねえ（笑）。

寂聴　そんなことしながら、なんとか小説を書き上げて、真夜中、締め切りギリギリにポストに入れた、それが通ったんです。そこから作家生活が始まったんだけど、そのときのこと思うとね、ついこのあいだまで私たちはそんな贅沢しなかった。だから、みんな便利になって、何でもかんでも明々として電気贅沢してるでしょう。それで、今、寂庵は全部電化ですよ。全部電化ですけど、それもいよいよ電気がなくなったら、もう七輪でも何でも出して煮炊きすればいいだけのことよ（笑）。原子力発電を止めると、電気なくなるから大変だ、大変だって言うの、いいかげんやめてほしい（笑）。

さだ　本当におっしゃるとおりですね。今思い出しました。昔って、まあ僕が昔っていうのはそんなに遠い昔じゃありませんよね。せいぜい三、四十年前なんだけども、その頃でも、本を読むとか何か書くっていうと、必ず読書灯とか蛍光灯がないと手元が暗がりになって読めなかった。

寂聴　そうです。それぐらい暗かった。

さだ　今はもう家のリビングのどこでも別に普通に本が読めるし、どこでも書けるというのは、明るくなりすぎてるのは事実ですね。

寂聴 そうです。

さだ 確かに蛍光灯持って歩いてましたもんね。

寂聴 そうそう。

さだ 「今日、本読むから」って蛍光灯をかざして、そうでないと本読めなかったぐらい暗かった。だから、こういうところ（と、部屋の照明を指さして）でも、せいぜい六十ワットくらいの電球でしたよね。

寂聴 そうそう（笑）。

さだ 百ワットの電球ったらメチャメチャ明るかった（笑）。だから、そうやって考えると、蛍光灯が日本人をダメにしたのかもしれない（笑）。

寂聴 お米だってね、電気釜がどんなに発達しても、電気釜よりもお釜で炊いたほうがおいしいに決まってるんですよ。だから、また元に帰ったってやれないことないと思うんですよね。それで、そのあいだにいろいろ工夫すればいいんだし。

さだ もう一度サバイバルしますか、日本中で。だって、できてますもんね。一度も停電してないですもんね。

寂聴 だから、もう原子力発電は危ないに決まってるんだから、それをやっぱり時間かけ

てもだんだんと減らしてやめていく方向にならないと、私なんかもうすぐ死ぬから
どうでもいいんだけど、やっぱり子供がかわいそうですよね。

さだ うん、本当ですね。

024 その前 好奇心と想像力。

司会 お話伺ったように、あまりにも苦しかったり変なことだったり解せないことが多いんですけど、でも、やっぱり生きていくためにはワクワクドキドキすることが大事で、その中でポイントになるのは何なんでしょう。ワクワクドキドキするための何か心得みたいなものは？

寂聴 それはやっぱり恋愛です。

さだ おお、恋ですか。

寂聴 うん、恋です。

さだ いいなあ。

寂聴　だから、仕事に恋をすればいい。
さだ　おお、そういう恋ですか。
寂聴　だから、人を好きになったときのこと、若いときのことを思い出してごらんって言うんです。なんかワクワクドキドキしてたじゃないですか。それが生きることなんです。だから、「生きることは愛すること」って私は言ってるんですね。だから、愛がないと仕事だってもう全然ダメですよ。だから、さださんの歌が非常にみんなに好かれるのは、愛があるからなの。だから、愛のない歌やなんかみんな感動しないですよ。だから、愛がなければ、どんな立派なことをしても、血が通わない。人を打たない。
さだ　まずは好きになるってことですね。
寂聴　好きになること。好きになるってことはワクワクドキドキするんですよ。
さだ　でも、好きになるために努力をしなければいけないっていうのは苦痛ですよね。
寂聴　努力なんかしないで、心が常にワクワクドキドキしようと思ってたら向こうから恋も来る。運も来る。
さだ　そうか。じゃあ、あれだ……これは僕なりの翻訳ですけど、それにはやっぱり好奇心が要りますね。

寂聴　もちろん好奇心。好奇心がないと何もしようと思わない。興味がない。

さだ　ですね。

寂聴　好奇心をまず持って、何にでも好奇心を持てば、それで何か触れようと思うじゃないですか。そうするとワクワクドキドキする。

さだ　「あ、不思議だな」「なんでかな」って思うことが大事なのかな。

寂聴　そうそう。

さだ　それ、自信あるなあ。僕、異常に好奇心が強いんです。寂聴さんは？

寂聴　私も好奇心強いですよ。好奇心の権化です。

さだ　僕は「あれ？　何だろうこれ」と思ったら、もう地の果てまで行っちゃうんですよね、自分で。

寂聴　好奇心というものはね、ワクワクドキドキするものを無意識に追い求めてるの。だから、ワクワクドキドキするものに目が行って、それで、ワクワクドキドキしたいから、それに手を触れるの。それに何かしてしまうの。だから、ワクワクドキドキする心がまずないとね。それは若さですよ。だから、私は八十九らしいけども、そうなってもね、ワクワクドキドキするんですよ。

さだ　らしいけどっていうのいいですね（笑）。でも、僕思うのは、もう一人の自分がいるということです。瀬戸内晴美がいる、必ず。自分を見ている自分との葛藤というのはないわけがないんですよね。必ず。そこはもう本当に七転八倒の思いです。でも、そういうもう一人の自分の存在が今希薄になってるところはあるかもしれないですね。他の人のライブを聞きに行ったりすると、目がね、その人の目がね、自分に酔ってる一瞬ってあるんですよ。

寂聴　なるほど。

さだ　その目の色見た瞬間に、俺もこんな目をしてるんだろうかと思ったら（笑）、もう腹を切りたいなんていうふうになるんです。そうすると、次のステージでは、すごいそっけない感じになっちゃったりするんです。そういう自意識ってきっとあるんでしょうね、誰にでも。だから、俺、すごくわかる。好奇心で動くんだけど、動いて、それに手を染めてしまうんだけど、手を染めた自分に対する恥ずかしさとか、それから反省とか。じゃあ、手を出さないかというと出すんですよね（笑）。そこですよねえ。

寂聴　でも、本当に年を取ると、私ぐらい年を取ると、そういうのがだんだん薄れてくるの。恥ずかしいという気持ちが。だから、そこまで思わないのよね。もうどうせ死ぬんだから（笑）。

さだ　僕もいつかそういう境地になれますか？

寂聴　なれるわよ、もっともっと年を取れば（笑）。でも、そのためにも、大切なのはさっき言ったように好奇心と想像力ね。好奇心がないと人生が楽しくなくなるから、生きてる喜びだってなくなってしまうでしょう。そして想像力がないと、他の人の悲しみとか苦しみとか痛みがわからないですから。

さだ　イメージ湧かないですね。

寂聴　湧かない。だから、想像力があって相手の気持ちがわかる。それが愛ですからね。だから、相手が何を欲してるかってことを察してやるのが愛ですからね。だから、想像力、イコール思いやり、イコール愛。

さだ　想像力がないんだと思う、たしかに、今の僕らには。やっぱりだから……。

寂聴　僕にはあるけど、ほかの人にない。

さだ　いや、でも、やっぱりみんな見てると、「こういうことをすると、されたほうはどう思うかな」とか……だから、わが痛みとして感じられない鈍感さがありますね。

寂聴　そう、鈍感ね。

さだ　だから、こういうことしたらあれだなって……自分がされていやなことは人にしないってことが条件？

寂聴　その通り。仏教はそう教えてる。

さだ　僕、すごい憎たらしいと思うやつがいるんです。そいつやっつけてやろうかなと思うけど、そいつのことを好きな人もいるんだなって。

寂聴　そうね。

さだ　それで、それ大事にしてるやつもいて、それごと叩き壊すことになるわけじゃないですか。そうすると、まあ、ここは僕が我慢すれば済むことだなって（笑）。許せないやつなんですけど。

寂聴　だから、我慢するってことは許すことでしょ。だから、自分も誰かに許されて生きてるんですよね、気がつかないけど。だから、人を傷つけたことないなんていう人はない。自分は傷つけてないと思うけど、例えばこういうふうに私たち才能があるでしょ、ふたりとも（笑）。才能のない人から見たらうらやましいですよ。傷つけてますよね。

さだ　ああ、そうか、そういうことなんですね。

寂聴　そういうこと。器量のいい男、いい女がいるでしょ。そしたら、不男、不女に生まれついたものは、もうそれは癪（しゃく）に障ってます。

さだ　それだけで癪に障るわけですね。

寂聴　「自分のほうが頭がいいのに、なんであいつがあんなに顔がいいんだ」って。それはもう、だから自分じゃ気がつかないけど、自分の存在そのもので人を傷つけてる。それでも許されて生きてるんだからね、だから、自分も大抵のことは許さなきゃいけないんですよ。

さだ　ああ、これ……これだ。許されて生きてるんですね。だから、やっぱり一番怖いのは死霊じゃなくて生霊ですものね。人のねたみとかね。死霊はたいしたことない。そこに出てきて、こうやってるだけだから。何だろうと思うときが一番怖い。お化けだなと思えば、ああ、お化けだと思えばいい。生霊だけは怖いです。何かするから。いやあ、深いね。いっぱい出てきましたね。

＊31　栗原　宮城県内で最も広い市。二〇〇八年六月十四日の地震で、十三人が死亡。

＊32　山本健吉さん　一九〇七年〜八八年。文芸評論家。一九八一年『いのちとかたち』で野間文芸賞、一九八三年文化勲章受章。

＊33　谷川徹三先生　一八九五年〜一九八九年。哲学者。一九六七年叙勲二等授瑞宝章、一九八七年文化功労者。

＊34　川口松太郎先生　一八九九年〜一九八五年。作家、劇作家。代表作は『愛染かつら』。

第五章

生きるために忘れる。

025 その後 政治に文句を言わない若者。

司会 日本人は文句を言わなくなったとおっしゃったけど、さださんの若い時代って、日本の若い人が社会とか政治に対して、いっぱいいろんな文句を言ってた時代だったじゃないですか。

寂聴 うん、そうなんですよ。

司会 それがどうしてこうなってしまったんでしょう。

寂聴 そう、聞きたいわ、それ。だって、あなたたちが何もやらなくなったから（笑）。

さだ 多分、七〇年安保のときの勢いっていうものは、その後三十年かけた愚民化政策に呑み込まれたんですね。やっぱり本当に学生に真面目に国のことを考えたり動かす力を与えておくと、国が危ないって本当に思ったって、これ何かのときに中曽根（康弘）さんはっきり言ってました。中曽根さんが、七〇年安保が終息したときに、まずしなきゃいけないことは、若者の政治力をどうはぐらかすかということが為政者にとっては非常に重要だ、これはアメリカの年次報告書にも書いてあるって言ってました。要するに、学生運動は解体させられたわけですよ。それで、一部がほら、突っ走ったでしょう、人殺したりなんかして。それで犯罪にまでなって、国際テロ組織にまで指定されたような学生運動があると、ちょっと引いてきますよね、学生自体も。親は泣いて止めますしね。

それで、七〇年安保直後に起きてきた新しい考え方の傾向として、親と同居しないっていう考え方で、独立していくから家の中におじいちゃんおばあちゃんがいなくなるし、自分たちは忙しいから子供の面倒は見ないし、その子供たちが僕らよりちょっと下ぐらいですよね。今四十代、三十代のモンスターペアレンツって呼ばれる人たちは、自分たちが親から真っ当に教育されてないんです。日本語を親が話してくれないから、親と話もしないのに先生と話ができるわけがないわけです。そうすると言葉が不自由だから、日本語が不自由だから、言いたいことが伝えられなくてキレてくる。で、言ってくれてることがわかんなくてキレてくるという。今の子たちがキレてる理由は、日本語教育の不備だと僕は思う。ちゃんと向かい合って話をしましょうねっていう時代が、実は七〇年安保以後ずいぶん寸断されてきたんじゃないかなって思います。

で、テレビというものが、友人に取って代わったんですよね。テレビの存在というものが。一人一台って時代になったでしょう？　そうすると、昔はテレビを見るのも一つのイベントで、家族中で何を見るか、お父さんが見たいものをまず見るという。ところが、前にも言いましたが、その後の時代になると、ご飯にしても、それぞれ生活時間帯が違うからバラバラでとるから、子供は帰ってきて塾へ行くし、お父さんは帰ってくるの遅いし、お母さんはパートがあって、料理する時間もないから弁当買って帰って子供にポンと置いてあるし。餌ですよね、これ。これはわれわれの感じてる家庭というカテゴリーからずいぶん壊れていきましたね。

寂聴　家庭がなくなったのね。

さだ　そうかもしれないですね。そのきっかけはやっぱり、団塊の世代と呼ばれる人たちの変な敗北感。負けたわけでも何でもないのに、負けたって絶望……だから、自分たちの父親が戦争に負けて価値観が崩壊したように、七〇年安保が「何だったんだろう、俺たちがやってきたのは」って変な敗北意識を持ったことからエネルギーを失ったんじゃないんですかね……。

寂聴　その時、学生運動の指導者だった人たちが何人か残ってるでしょう？　私、偶然知り合ってたんですけど、その七〇年安保のときで意識が止まってるの。

さだ　止まってますよね。

寂聴　彼らの思想がね。

さだ　止まってる。本当に止まってますね。

寂聴　今も、あの当時と同じこと言ってるの。

さだ　もう四十年も昔の話だから古い価値観なんだけど、それでも、そのときの自分を否定できないんでしょうね。

寂聴　そう。で、そのときリーダーだったから、みんな頭は優れた人なのよ。

さだ　頭いいですよね。

寂聴　でも、止まってる。

司会　そして今の学生は、世の中に対して何も異議申し立てをしなくなってしまった。

寂聴　そう。だってもう中国でも韓国でもどこでも学生がデモ起こしてますよ。日本だけですよ、何もしないのは。

さだ　多分学んでないいんじゃないですか？　学生が（笑）。

寂聴　（笑）

さだ　何を学んでるんですかね。大学ってもう二極分化してると思う、大学へ行くってことが。例えば医者になるために九十八点と百点で争ってる学校があるわけですよね。

この二点差で医者になれないこいつと、二点こいつよりもいいために医者になれるこいつと、どう人間を比べてもこいつのほうが医者になってほしいやつなのに、二点足りなくて医者になれないやつ何人も見てきてるんですよ。その構造は変えられないでしょう、点数ですべて決めるというのは。今の官僚が点数でその座を手に入れてますからね、価値観変えようがないんですね。どこから変えていいんだかもわからない。もう本当にカタストロフィーで一切合切価値観が変わらない限り、本当に首都圏が消失でもしない限り、新しい価値観は生まれようがないと思うんです。あとやっぱり、喉に刺さってるのいっぱいあるでしょう。アメリカのこととか。やっぱり戦争に負けたことというのは大きいんじゃないですか？　戦後の日本人にとって。

寂聴　大きいですよ。あの戦争まで負けたことなかったんだから。私が子供の頃なんて、日本は世界三大国って教えられたの。

さだ　あ、そうですか。それはまた図々しいですね。

寂聴　（笑）だって、じゃあどこがって、アメリカでしょう？　イギリスでしょう？　日本だったの。日本は三大国って。その前は五大国だったのよ。なんかソ連が入ったのかな。もう今なんか東洋でもビリから数えるほうが早いでしょう？　だから、指導者なんかじゃないですよ、今はね。それで、戦争は東洋の幸せのためにって、そんな偉そうなこと言ってたのよ。

026 その前 不犯の高僧。

さだ 僕、前からずーっとですね、高校時代にバイオリンやめるときノイローゼになって、本いっぱい読んだり、「私は誰?」で悩んだときに、女性ってすごいなと思ったんです。女性、生理があるじゃないですか? 生理がなくなって、そうすると男性ホルモンの分泌が盛んになる。性衝動は男性と匹敵するようになる。ところが、年老いていく。その戦いを、女性は自分で乗り越えていくわけじゃないですか。男は使えなくなるだけだけど。女性はそれと戦って、なおかつ消化していくわけですよね。これはだから、人間の完成品というのは僕、ばあちゃんだと思ってる。男は永遠に未完成だと思ってるんです。だって、使えなくなるだけなの。単純なんです。

司会 それ説得力あります。

さだ　いや、僕そう思うの。だって男だってさ、使えるやつは八十五になったたって使おうとするんだから。そうやって考えるとね、女性の自分を乗り越える手順というのは、ものすごく尊いと思う。それだけで一つの道のような気がしますね。だから、そのへんの乗り越え方を迷ってる女性って、ものすごく寂聴さんの話聞きたがると思う。

司会　今日法話にいらした方たちはみんなそんな感じでしたよね。すごく食い入るようにというか、なんかすがりつくように寂聴さんの話を聞いてました。

さだ　すがるよ。だって、先に歩いていっちゃった人だもん。山越えてった人でしょ。そうするとさ、「どうやってあなたは越えられたんですか」って正直聞きたい。だけど、そんなこと言うと、はしたないとか、カッコ悪いとか、恥ずかしいとか……。

寂聴　言いますよ、わりとはっきりと、一対一になればね。私は五十一で出家したでしょ。それ以後は本当にしてないの。だけどもね、それじゃあ男を嫌いかっていうと、とんでもないの。

さだ　（笑）

寂聴　しないから余計、ああ、いいなあと思うんだけど、もう手を出さない。昔はパッと手を出した。

さだ　昔は（笑）。

寂聴 手を出さないで、ああ、いいなあと思ってるって、そのほうがずっと情緒がある。

さだ こう申し上げては何ですが、文学者もひっくるめて、スケベなお坊さんほど年取ってからステキなのはそういう理由なんでしょうかね。

寂聴 一生不犯（ふぼん）のお坊さんというのを私、生きてるあいだに一人ぐらい会いたかったんですよ。ところが、今のお坊さん、全部妻帯してるでしょ。禅宗は本当はいけないのに、やっぱりみんな奥さんいるの。それでも、禅宗はまだちょっと照れて、奥さん表に出さないのね。だから、大きな式のときは奥さん出ないんですよ。だけど、いるの、みんな。それで、ああ、もう一生不犯の僧というのはもう今いないんだなと思ってたら、このあいだ亡くなられた永平寺の一番偉いお坊さん、宮崎奕保（えきほ）禅師[*35]、その方が本当に一生不犯だった。それ、私、直接御本人から聞いたのよ。私も物好きだから会いに行ったんです、後ろにずらーっとね、偉い坊さんが並んでるのよ。もうその方ね九十過ぎてたからね、車椅子でいらして、そこから普通の椅子に移られて、私と真向かってくれて、私はこうして見上げて。それで私がもう大変失礼なこと伺いますけど、って（笑）。

さだ それほんとに失礼ですよ（笑）。

寂聴 「一生不犯だっていうことを伺ってますけど本当ですか」っていきなり聞いたの。

そしたら後ろにいた偉い坊さんたちがいっせいに「ぶるぶるぶるぶる」（首をふる）。

さだ　（爆笑）

寂聴　ご本人はぜんぜん平気で、「したことない」っておっしゃる。それで、「初めてお会いしましたけどとってもハンサムでいらっしゃるし、お若いときはさぞおモテになられたでしょう」って私が聞いたわけ。そしたら「うん」って言う。それで危険なときはなかったですかって聞いたら、「二度あった」って。もう後ろで高僧たちが「わわわわわー」ってやってるんですよ（笑）。でもそんなの平気、私はもう一対一になってるんですからね。向こうもちゃんと顔を見てね答えてくださったの。それで、「どういうことあったんですか」って聞いたらね、永平寺入ってから、初めて実家に里帰りしたときに、親類中の人が集まってくれてご馳走の会をしてくれたんだって。これは自分が坊主になったお祝いかなと思って座ってたら、遠い親類のとてもかわいらしい女の子が「髪を結ってな」って、当時は髪結いますよね、島田か桃割れに。それで「赤い着物を着てな、私の前に来て、一生懸命お酌してくれるんだ」。それで、いい気分でお酌を受けながら、ふっと途中で気がついた。あ、これは見合いだと思ったんだって。それがわかった瞬間、急いでトイレに行くふりをして部屋を出て、そのまま永平寺に逃げ帰ったとおっしゃる。それで私が「じゃ、その娘さんがお好みじゃなかったんですか」って聞いたら、「いいや、かわいらしい子でな」って。「だからヤバいと思った」。それで、「なんで結婚なさらなかったんですか」って伺うと「お釈迦さんがするなとおっしゃった」。それはもう恐れ入りましたよ。それからすっかり仲良くなったのね。

さだ すごいなあ、その話。でも、どうして宗教家はそれをするなっていうんでしょうかね。

寂聴 それはお釈迦さんがそう言ったから。

さだ イエスも「汝、姦淫（かんいん）するなかれ」とか言うじゃないですか。

寂聴 そうそう。

さだ 宗教では大概セクシーなことっていうのは、ないことにしちゃうじゃないですか。

寂聴 いや、もうそれはいかに魅力があるかということを……。

さだ 宗教よりいいんですね（笑）。

寂聴 もう釈迦もキリストも経験してる。良さを御存じ。

さだ 宗教よりいいからですね。自分はしたのに人にするなって（笑）。

寂聴 （笑）

さだ ずるいじゃないですか。

寂聴　よすぎたからそこからいろんな罪が生まれるでしょ（笑）。

さだ　でも、寂聴さんは出家をされたあと、どうやって我慢したんですか。

寂聴　我慢してないのよ。だけど、一度もしてない。だから、仏はあると私は確信できました。

さだ　我慢じゃないんですか。

寂聴　我慢しないの。一つも我慢しないけどね、そういう危険な目にあわないようにしてくれるの。仏さまが。

さだ　はい。

寂聴　だから、ああ、これはやっぱり守られてるなと思った。

さだ　すごい。それはちょっと感動的ですね。

寂聴　仏教には戒律がいくつもあるじゃないですか。しちゃいけないっていうことが、いくつもある。私はね、そんなものよく知らないで坊主になってしまったの。嘘ついちゃいけないとか、盗んじゃいけないとか、殺しちゃいけないとか。まあ、殺しちゃいけないとか、盗んじゃいけないっていう戒律は、心配する必要はないでしょ。今までもそんなことしたことないわけだから。あ、でも、他人の旦那盗んでたから駄目かな。

さだ　はい（笑）。

寂聴　まあ、そんな戒律がいろいろあるんですよね。でも嘘ついちゃいけないっていわれても、小説家は嘘をほんとらしく書くのが仕事でしょ。だから守れない。人の悪口言うなっていわれても人の悪口言いながら御飯たべるととても美味い。でも一つぐらい守らないとせっかく坊主になった値打ちがないと思って、仏に申し訳ないと思って、それで、じゃあ一つ守れそうもない戒律を一つだけでも守ろうと思ったら……。

さだ　男を断つ。

寂聴　そうなのよ。これが一番なんだかちょっとできるかなあと思ったんだけどね、それを選んだ。するとね、それはね、自然に断つようにしてくださるの。

さだ　仏さんが。

寂聴　はい、仏さんが。だから、尼さんになったらね、余計に尼さんと寝たいなんて男いっぱいいるのよね。

さだ　あ、そりゃそうでしょう。……すみません、今、皆さん、今日一番盛り上がってるんです、ここのとこ（笑）。

寂聴　男が寄ってくるのよね。

さだ ええ、寄ってくる、寄ってくる(笑)。

寂聴 ところが、それがね、こっちがその気にならないの。昔だったら、「あ、まあ、ちょっとしてみようか」と思ったんですよ(笑)。それがないのね。

さだ なくなるんですか。

寂聴 なくなるの。それで、まあ、たまに、こっちもいいなあと思う相手がいるでしょ。それだったらちょっと危険かなと思うじゃない。だけどもね、そういうチャンスが絶対来ないの。上手(うま)くいきそうになると、必ず何か邪魔が入る。

さだ そうなんですか。

寂聴 だから、これは守られてるなって思う(笑)。だから、本当に天地神明にかけて一回もしてないの。

さだ いや、決して疑ってるわけじゃないんです(笑)。

寂聴 だから、これはね、守ってくれてるんだと私は思う。もう今からないわ、九十だもの。

さだ それはわかんないですよ。何が起きるかわからないのが人生ですから。

寂聴 そのときは書きますよ(笑)。

さだ (笑)カッコいい。なんかすごいですね、それ。

寂聴　だから、私はそれで仏はいらっしゃるんだなとつくづく思った。初めて。心から。

さだ　それほどやっぱり男女のことというのは……。

寂聴　煩悩の中で一番強い煩悩。それは仏教が認めてます。

さだ　だからって、ないことにするっていうのはどういうことなんでしょう。いいんでしょうか、これで。

寂聴　ないことにするって？

さだ　もうそれ触るなと。お坊さんには、触るなと。

寂聴　いや、お坊さんになったら触るな。お坊さんでない人はしなさいって。

さだ　だけど、それは普通の人にしてみれば一番悩むところじゃないですか、そこが。

寂聴　それに耐えられなければ坊主でないんですよ。だから、今の坊主は耐えられないから坊主じゃないんですよ。

さだ　でも、普通の人たちにとっても、お坊さんでなくても、そこは非常に魅力的なところで、ここは捨てられないところへもってきて、宗教というのはどこに入り込んでいくんですか、そうすると。

寂聴　どういうこと？

さだ　だってほら、男女のことっていうのは、宗教よりも魅力的なわけじゃないですか。

寂聴　それとは別なんですか。

さだ　人間はね、自分のできないことをする人は尊敬するの。自然に頭下げて。

寂聴　それはたしかにそうです。おっしゃる通りです。

さだ　そうでしょ。だから、せめてそれをしなければ、人に尊敬してもらえないのよ。

寂聴　出家したらね。

さだ　はい。だって、みんながすること全部してたら、しょうがないじゃないの。

寂聴　これ耳の痛い坊さん出てきますよ。そうか、なるほどなあ、そりゃそうだよな。たしかにこの人のここがすごいなと思わなきゃ、寄っていきたくないですもんね。

さだ　そうなんです。

寂聴　ですよね。

だから、私はその宮崎禅師さまに本当に恐れ入ったのはね、まあ、その見合いは逃れたわね。だけども、雲水の先輩がお酒とタバコを教えるっていうんです。で、それね、それまで知らなかったって。「もうそれはなかなかいいもんじゃ」っておっしゃるのね（笑）。でもね、これは仏さんがやっぱり飲んじゃいけないと言ってるから、なんとかして自分はそれをやめたいと思ったけれど、やめられない。努力してようやくお酒はやめられたんですって。ところが、どうしてもタバコがやめられない。

さだ　ああ、そんなに強いんですね。

寂聴　それで、ある夜中にね、もうみんな寝てるときにそっと起き出して、仏さんの前に行って、「私はどうしてもタバコをやめられません。もう今度吸ったら私の命を断ってください」って祈ったんだって。

さだ　はあ。

寂聴　そしたらやめられたって。それを淡々と言われるのよ。「そう言うてなあ、拝んだんじゃ」とかって（笑）。

さだ　へぇー。

寂聴　やっぱり命懸けなのよね。

さだ　命懸けですね。命懸けってカッコいいですね。

寂聴　だから、命懸けに恐れいって、ああ、この人はすごいなあと思った。

さだ　本当ですね。宗教に捧げたわけですね、人生を。なかなかそうはいかないですよね
え。

寂聴　で、そのあと、なんかとても気に入ったらしいの、私のことが。何でもかんでも聞くでしょ。みんなは恐れて聞かない。もう偉い坊さんが後ろにずらーっと並んで、

私が変なこと聞くと「エヘン、エヘン」なんて。

さだ　「本当にしたことないんですか」って聞いちゃいますとね（笑）。

寂聴　「エヘン」

さだ　まさかそんな人いませんよね。そんな偉いお坊さんに、「あなた、ほんとにしたことないんですか」とか。

寂聴　（笑）でもね、その方は怒らなかったのね。それで、面白いと思ったんじゃない？それで、そのとき、百歳だったの。だから、もうこの方は間もなく死なれると思ったからこっちは会いに行ったの。こんな人がいたから、私は出家して本当によかったと思って、とても安心したんです。そしたら、禅師さまが百五歳になったとき、永平寺から連絡があってね、もう一度会ってやるとおっしゃって。前のときは秋だったから永平寺の紅葉を寂聴に見せてやったけど、やっぱり桜も見せてやりたいから呼んでやれと。それで、春、桜のときに来てくださいって案内が来た。ところが御指定の日の前に、風邪を召されて発熱して入院されたっていうんです。あ、もうこれは亡くなると思った。ところが治ってね、青葉の頃にね、青葉を見に来ないかって誘ってくださった。それで、とにかく伺ったんですよ。そしたら、今度はその「エヘン、エヘン」は誰もいないとこで、ちいちゃな部屋で一対一ね、二人きりで向かい合って。この前来たときに何も用意がなくてあげなかったから、それがずっと気になってたって。それで、今日は数珠をあげたいと思うんだって。それで、御自分が琥珀のとてもいい数珠をしていらっしゃるんですよ。「これをあげたいと思うけど、これはわしがしててもう汚いから、これと同じものが用意してあるから」って、桐の箱に入った新しい同じものをくださろうとするの。私は、「恐れ入りますが、その今お手に掛けてるそれをください」って申し上げたの。

さだ　ああ、それは素敵ですね。

寂聴　そしたら、「これでいいか?」とかってスッと外して、その御自分の数珠をくださったの。

さだ　うわあ、いい話ですねえ。

寂聴　それで、それくれるとき、こうやって御自分で私の手に掛けてくださった（手を柔らかく包む仕草で）。

さだ　ああ、それは女たらしですね。それはカッコいい。

寂聴　そういう手のぬくみ、なんかやっぱりわかるのね。

さだ　達人同士だね（笑）。まさになんか、上泉伊勢守と塚原卜伝みたいな。

寂聴　それから間もなく亡くなったの。

さだ じゃ、そのお数珠はお持ちなんですか。

寂聴 もちろん、私の宝です。

さだ それが欲しいとおっしゃる寂聴さんも素敵だけど、それを「はいよ」ってあげるその方が、いいですねえ。

司会 まさに達人同士。

さだ いいですね、達人同士だね。見切ってるね、ピッと。これ、もしもお互いに四十年前に会ってたらヤバいことになってた（笑）。

寂聴 （笑）

さだ 絶対ヤバいことになってる。これはもうお互いに破戒してる。

寂聴 私、一生のうちにあの方にお会いしただけで、本当に出家してよかったと思った。

さだ それほど価値のある？

寂聴 はい。

さだ ああ、すごい。

寂聴 だっていないんだもの、ほかに。偉いお坊さん、何人もいらっしゃいますよ。でも、みんな奥さんいるじゃない。今先生にしたって誰にしたって。だけど、今お坊さんが結婚してもそれはいいんです。だって明治以降、廃仏毀釈(はいぶつきしゃく)でね、もうそれから制度が変わったんだから。それで、結婚しろって政府の命令なんだから、みな結婚してますよね。だけども、稀(まれ)にはそんな人がいてもいいと思うの。

さだ いいですね、それ。その風景が目に浮かびますね。青葉の頃ね。いいですねえ。

司会 誘い方がステキですよね。桜を見せてあげたい。

さだ 本当にそういう人なんでしょうね。本当にそういう、にじみ出るような愛、さっきおっしゃった愛ですよね。

寂聴 それで本当に美しいの。ハンサムなの。若いときはずいぶんきれいだっただろうと思うような。

さだ もったいない話ですね。何がもったいないんだかわからないけど（笑）、何がもったいないかは別にして、もったいないなあ。いや、楽しい。

027 その後　目に見えないものを大切にする。

さだ こういう大災害にあいますと、人生というのは失ってしまうものに満ちてるということに、いやでも気がつきますよね。

寂聴　そうですね。

さだ　すると、一番大切なものがはっきりするような気がします、むしろ。例えば人間同士とか友達だとか、お金っていうのは現実としては重要なものだけれども……。

寂聴　目に見えないものを信じなくなったですね、戦後。それが一番良くない。

さだ　ああ、それ僕、本当に伺いたい。目に見えないものを信じなくなったっていうのは……。

寂聴　敗戦で焼かれて何もかもなくしましたね。それで戦後、まずなくしたものを手に入れようとした。家、着る物、道具、みんなお金がないと手に入らない。それで拝金主義になって、目に見えるものだけが必要で大切になった。目に見えないものを信じない。だから、目に見えないものに想像力がなくなった。目に見えないものって何ですか。神や仏、目に見えないでしょ。

さだ　命もそうですね。

寂聴　命も心も見えないでしょ。だけど、目に見えないものこそ、この世の大切なものなの。それを忘れて目に見えるものだけを追いかけて、「これいくら、これいくら」、それだけを手に入れようとする。それにはお金がかかる。それだけでもう精一杯。

さだ　目に見えないものこそ大切なんですよ。

司会　いやあ、これはちょっと大きく書いといてください。目に見えないものが一番大切、そのとおりだ。

さだ　そういう想像力すらないんですね。

寂聴　目に見えないもののほうが圧倒的に多いのにね。

さだ　そうですよ。圧倒的に多いし、圧倒的に大きいものですよね。

司会　そうですよね。だから、想像する力を僕らは何かと引き換えに失ってるんですね、きっと。

さだ　多分それが便利さとか、物欲だとか。

司会　いや、物欲はね、僕はある程度ないと頑張るエネルギーにならないかもしれないと思うから、そこまで色即是空とかいわれると……。

さだ　いえ、全部ということではないですけども、すべてをモノに置き換えちゃおうと思うと、そこに無理が出てくるじゃないですか。

ああ、そうかそうかそうか。だから、好きな人にはいっぱいモノあげるっていう。そうするとこっち振り向いてくれるかもしれないっていうあの、何だっけ、『千と千尋の神隠し』のカオナシだっけ。自分はどんどんどんどんいろんなものを吸って太って汚くなっていくのに、好きな子にはきれいなものをどんどんあげて、あげれば自分のこと気に入ってくれるかもしれない……まさに俺たちはカオナシなんだな。

寂聴 でも、目に見えるものは壊れますよね。

さだ いつかなくなりますよね。

寂聴 いつかなくなる。目に見えないものはなくならない。

さだ いや、本当そうですね。うれしいな、今日は。僕すごく、なんか元気になります(笑)。

寂聴 お金で買えないものがやっぱりあるんですよね。

さだ そうですね、はい。

寂聴 お金で買えないものって、要するに目に見えないものですよね。家が欲しい、着物が欲しい、宝石が欲しいってのは目に見えてるものでしょう？ やっぱり本当に人間に一番大事なものは目に見えないものだし、本当に世の中を動かしていくものは目に見えないものなんですよね。

さだ 心の基準が物質だった。だけど、被災者の人も、誰一人宝石類を惜しまない。失った宝石類。「あの指輪が、ああ、惜しかった」って誰も言わない。津波に流されて自分の車がなくなったことも惜しいとは言わない。やっぱり惜しいのは命ですよね。命ってことは人の心。ああ、勉強になりますねえ、本当に。辛いけど勉強になる。東京でもあの地震でかなり大きく揺れましたが、やっぱり今のことに通じるのかな、結婚しようというカップルがすごく増えたそうですね。

寂聴 なんか子供もどんどん産んでるようですね。

さだ いいことです。でも、その反対に離婚も増えてるらしいです（笑）。「こんなに頼りないとは思わなかった」って。

寂聴 それはね、よくわかる（笑）。戦争に負けたときもね、すごく大変な時代になったでしょう。そのときに男がしっかりしてないとね、「もういやだ、こんな人」と思っちゃうんですよ（笑）。だから、こういうときに離婚が増えるのもわかるわね。その反対に、やっぱり心細いから結婚するっていうのも、それもわかりますね。

さだ わかりますねえ。やっぱり、人は一人では生きていけないってことですよね。

寂聴 そうそう。でも、こんな世の中に子供産んで、その子が無事に育たないとそれが心配じゃないですか。

さだ ああ、本当ですねえ。

寂聴 ねえ。だから、それですよね。だから、この原発をこのままずっとやってたら、本当に安心じゃないですよ。子供がまずやられるんだから。

さだ　本当です、本当です。子供をどう守るかですねえ。

寂聴　そう、子供をどう守るかですよね。それでも、子供は産まなきゃね。未来があるのは子供だけだからね。

さだ　うん、本当です。

寂聴　そりゃもう、あんぽんたんもできるかもしれないけど……。

さだ　あんぽんたん（笑）。

寂聴　でも、世界を救うような天才も、生まれてくるかもしれない。

さだ　本当ですね。やっぱり構造から変えないとダメですよね。先日も報道されてましたけど、「あの子は虐待されてるんじゃないか」って通報があって、あったにもかかわらず児童相談所が動いてないと。学校のほうに調査してくれと言ってるうちに子供が殺されちゃった。女性の連れ子が、虐待されて殺されてしまった。これどう考えたらいいんでしょうかねえ。だから、全体が昔みたいに監視してないからね。今、人のことは無関心だから。だから、「あ、あ、またあそこんちの息子が」なんて。

寂聴　それで、女というのは、その子供より男が大事なのね。

さだ そりゃそうですね。

寂聴 そういうことね、結局。

さだ そういうことです。そういうことです。

寂聴 男の機嫌取るためには、自分の連れてる子供はもう叩いてもいいのね。だから、女は恐ろしいですよね。鬼女もいっぱいいる。

さだ その価値観というのは、かつてはなかった価値観ですか。

寂聴 なかったねえ。やっぱりまず子供が大事だったでしょうね。

さだ ああ、やっぱりねえ。それは母性の喪失でしょうか。

寂聴 そうねえ。

さだ 先ほども話に出ましたが、家族関係を壊すという戦後の日本の傾向。まあ、アメリカの方針もあったのかもしれないけども、このことで失ったものは大きいですね。もう一度、家族から作り直せということなんですね。

寂聴 そうですね。やっぱり家族が大事です。私は家族を捨てましたから、だから余計言えるんだけど。だけど、自由よ、一人になると（笑）。

さだ それはご自身お力がおありになるからおっしゃれる言葉でね。

寂聴 人に勧めるんだけどね（笑）。でも、やっぱり自分が育ったことを思うと、やっぱり家族のおかげですよね、今日があるのも。自分はなぜここにいるかってことを考えたら、やっぱりお父さんお母さんのおかげでしょう？　先祖のおかげでしょう？　そういうことをもう今教えないものね。学校でもそんなこと教えないじゃないですか。だから、お墓がどうのこうの言ってるけど、それはお墓なんて死んだ人はどうでもいいんですよ。そんなこと思ってないの。残されたわれわれが、やっぱりここにお墓があって、先祖を敬わなきゃいけない、お礼言わなきゃならないってそのために、残された者のために、あれはあるんですよ。死んだ人のためじゃないんですよ。

さだ　このあいだ、東北へ行って被災地めぐりをした帰りなんですけど、僕らのすぐそばに五人連れの家族がいたんです。で、小学生の男の子二人と、おじいちゃんおばあちゃんとお母さんと、五人で向かい合って座ってた。それで、子供たちがはしゃぎますわね、そりゃ。大声出す。ああ、子供がいるなあ。これはまあ、ある程度諦めますわね、夏休みだし。そしたら、そのうちトランプゲーム始めた。ババ抜きか何か始めたんだね。そしたら、最初は「シーッ」とか言ってたんです。子供がワーッと大きな声出すと「シーッ」と言ってたんだけど、そのうち、もう自分も入っててっちゃって、おじいちゃんおばあちゃんが盛り上がっちゃって、そこだけ自分ちの居間になってましてね。

寂聴 （笑）

さだ それで興奮しちゃってる、じいちゃんばあちゃんも。それで、「ああ、そうか、公共心はこのおじいちゃんおばあちゃんの世代がすでに失ってるんだ」ということに気づかされたんです。だから、申し訳ないけど、団塊の世代、ちょっとしっかりしてもらわないと困りますね。自堕落になっちゃったなあと思って。

寂聴 （笑）

さだ もう後ろから首絞めに行ってやろうかなと思った。だけど、周りはね、本当に我慢強いんですね。一人ぐらい、例えば僕がここで騒いでたら、「すいません、少ーし声落としてください」ぐらいなこと言いそうじゃない。ところが俺らの前の人たち。しーんとしてましたもん。

寂聴 私そういうときね、「静かにしなさい！」って言うんです。「親はいないの？」って言うの（笑）。

さだ ああ、早くそんなふうに年取りたいなあ。つまりそういうことを叱ってくれる人がいないんでしょうかね。

寂聴 だって、迷惑じゃないですか（笑）。

さだ　うん。前もね、新幹線の中で、子供がキャーッて言いながらパタパタパタパタと走ってくるんです。どうするかと思って見てたら、お父さんがノソノソノソノソあとから来て、それを見てるだけなんです。で、またキャーッて言いながらパタパタパタパタッて走っていくでしょ。そのうちお父さんもくたびれたんですね。子供だけがキャーキャー言いながら走ってる。もうとうとう僕、この次この子来たら、ちょっとついてって、「周りでお休みになってらっしゃる方もあるし、少し静かにさせてあげてくださいね」って言おうと思ったんです。で、その子がキャーッてパタパタパタパタと行って、よし、次は言おうと思って決心した瞬間に、僕の前にいたおじさんがパッと立ち上がって、「バカ野郎！　子供を静かにさせろ、このバカ親！」って怒鳴った。

寂聴　（笑）うん、本当よ。

さだ　そしたらさ、おお、そういうことをやる手があるんだと思ってさ、一同しーんとしたけどさ、何人かがプッと噴き出して。言いたかったんだろうなと思うんです。

寂聴　そうね。だけど私が言ったとき、そのお母さんがね、「あの恐ろしいおばちゃんが怒るからね」（笑）って。

さだ　（笑）

寂聴　でも、言ったほうがいいんですよ。

司会　そういうことがあってみんなが不愉快に思ってるのに黙って我慢してるっていうことと、さっき先生がおっしゃった、例えば原発でも何でもそうだけど、自分は反対だということを言わないという空気は似てますよね。

さだ　うん、よく似てるね。

寂聴　黙ってることはね、それは賛成ってことなんですよ。だから、やっぱり言わなきゃいけないの、反対だったら。それから、行動しなきゃいけないの。行動しないってことも賛成ってことなのよ。平塚らいてうは「生きるとは行動することだ」って言ってます。和をもって貴しとなすって、聖徳太子の十七条の憲法の言葉だけれど、それはただ仲良しならいいということではないと思う。だってこういう事件が起こったら、和を持てないじゃないの。だから、その和をもって貴しとする和を作るために、やっぱりちゃんと声を上げなきゃいけないときもあるのよ。

さだ　そうですね。僕、何かを正しく恐れることとか、正しく怒ることってすごく難しいことだと思うの。つまり、原発に対して怒ることも、それから、社会保障の制度の崩壊、社会保険があんなひどいことになって、厚生年金があんなひどいことになって暴動一つ起きなかった国というのは、何をどう怒っていいかわからないからという気がします。例えば原発一つをとっても、何がどう危険でどう危ないのかは誰も勉強してないから、「え、でも、もしかしてあの地震が起きなければ大丈夫だったんじゃないの？」という人が半分はいるわけでしょう？　じゃあ、今ある原発で同じことが起きる可能性があるんですよって説明したときに、「あ、そうか。じゃ、同じ可能性があるんだったら、もう今からそっとなくしといたほうがいいな」って考え方の人が今度は出てくるでしょう？　それでも、「今、電気がないと困るんだ」という人たちがいて、自分で手を挙げるとしたら、どこで手を挙げていいか人の顔色見るんですよ、日本人って。「今、え？……ここ挙げるとこじゃないんだ」みたいな、その何ていうのかな、自分に自信がない。自分の意見に自信がない程度しか学んでないから、わからないんでしょうね。

司会　本当そうです。全体の雰囲気に流されちゃうとこはありますよね、われわれ日本人は。

さだ　というか、わからないんだよ。どう怒っていいかわからないんだよ。年金のことに対しても、いや、怒るのはいいけど、じゃ、どこをどう怒ればどう直るんだっていうのはわからないから、怒りようがないって。誰が悪いって本当にわかってれば、それこそ芸能人、何かちょっと悪いことしてごらん。目的がはっきりすると、一斉にこうやって叩いてくる。目的があったらあれほどエネルギーがあるんですよ。人を叩くエネルギー。

寂聴　そう、エネルギーあるのよ。

さだ　ただ、わからないから。どう叩いていいか、どう怒っていいかわからないぐらいわれわれは勉強してないんですよ、全体。関心がないんですよ。無関心なんです。ということはね、愛がないんですよ。もう無関心なんですよ。政治に対しても無関心なんですよ。だから、この政治家が何をどう言おうとしてるか、興味ないんですよ。だから、見事に騙（だま）されるんです、小泉さんなんかにコロッと。

寂聴　愛国心がもうないのよね。

さだ　愛国心ですか、ああ。

寂聴　愛国心がないんじゃないかしら。

さだ　国というのはもう要らないんですか。

寂聴　もうどうでもいいのよ。たぶん。

さだ　ああ、じゃあ、もう日本やめましょう。

寂聴　そんな感じね。

さだ　うん。愛国心ねえ。このあいだ、仲間内で話して大笑いしたんですけど、例えば一キログラムあたり三万五千ベクレルの汚染された稲わらを五十キログラム食べた牛がいたとして、その牛が肉牛として出荷された。その汚染された稲わらを食べた牛の肉のヒレ部分を百五十グラム、ステーキにして食べた五十九歳男子に、どのぐらい内部被曝するかなんて誰も説明できないわけです。それほど放射能って複雑なんですよね。僕らの無知が混乱しちゃうんだよね。だから、正しく恐れるってことはすごく難しいというのはそういう意味で、勉強しないと本当に恐れられないし、勉強しないと怒れないってことは確かかもしれませんね。今勉強不足だから、日本中で。

寂聴　私もう数え九十でしょう？　もうどんなに頑張ったってもうすぐ死ぬからね、私、提供していいですよ、試験台に。だから、何でもね、私にいろんなもの注射して、その結果を見ればいいじゃないの。もうそれ手挙げるわ。それもう九十になった人、全部それしてもいいんじゃない？（笑）

さだ　すごいですね、その意見。

寂聴　どうかしら（笑）。

さだ　まあでも、僕も賛成です。

寂聴　だってもう九十になって、私は特別にまだ現役で働いてるけど、大体もうみんな九

さだ　十になったら、ヨボヨボよ。そしたら、せめてそういうのになってね、世のためになったら。これから生まれてくる子のために。

寂聴　ミツバチの養蜂業者に聞いたんですけど、ミツバチは一回刺すと死ぬでしょう。だから、何か敵が来たら刺せっていうことになると、年取ったハチから刺しに行くらしいです。

さだ　なるほど。

寂聴　若いハチは取っとくんですよ。だから、人間もそうしなきゃダメだ。だから、これから六十歳になったら、徴兵。

さだ　（笑）六十歳はまだまだ働ける。やっぱり九十ね。八十でもまだね……。

寂聴　いや、でも、八十、九十になると、兵力として少し足りないですから、やっぱり六十ぐらいで徴兵するぐらいでないと兵力としてはね。で、もう六十ぐらいになると持てないやつが出てくるから、持てないやつは知恵を使うから、持たないで済む機械か何か作るんじゃないかと。そうすると一番いいんじゃないかと思いませんか？

さだ　（笑）

寂聴　いや、でも本当にね、「じゃ、若いハチは何してるんですか」ったらね、若いハチはとにかく働くばっかりで、働いて蜜をとってくるのが仕事だから。で、それ以前の若いハチは、幼虫の面倒見てるんですって。幼虫の面倒見てるだけじゃなくてね、夜は夜なべして、若いハチはブーンって羽をこすって温度を上げて、蜜の水分を蒸発させるんだそうです。

寂聴　へーえ。

さだ　それで、あの蜜にだんだんなっていくんだそうです。水みたいな花の蜜があんなにとろりとしたものになるには、蒸発させるしかない、水分を。それは若い、まだ外に出て行けない若いミツバチがブーンって羽こすり合わせて、ブーンって巣の温度を上げてね、それで蒸発させてるんですって。そんな話を聞くと、よっぽどハチのほうがしっかりしてる（笑）、家族関係しっかりしてるなと思いますね。それで、家に誰か襲ってきたら、まず立ち向かうのはじいちゃんからっていうのが、俺いいなと思うんですよね。なんかジジイ力とかババア力というのは、本当に今こそこんなに求められてる時代ないですよね。だから、もう一度、今二〇一一年だけど、二〇一三年安保っていうのやってほしいですね。六十五過ぎぐらいの人たちが。自分たちのための安全保障について、落とし前つけてもらおうと（笑）。そうすると、過去の変な敗北感というのを一回清算できると思うなあ。あ、これは僕の世代の話じゃないですよ。僕は団塊の世代じゃないから。

司会 いいですね、二〇一三年安保。

寂聴 それはすごいアイディア。

さだ 日米安全保障条約のために、もうあれを締結したら日本はアメリカの飼い犬になるから嫌だってあれほど戦ったあなたが、飼い犬のまま年取って死んでいくんですかと。一度その鎖を切りませんかっていうことをやったらどうですかね、二〇一三年安保。要するに自分と日本の国民自身のための安全保障について考える。今、安全保障ってすごく脅かされてるしね。この弱ってる日本の北方領土にメドベージェフは来るし、尖閣諸島には中国の船は来るし、どんどん脅かされてるし、この時に国という概念はもうないのかもわからないけど、それじゃあんまりね。

司会 自衛隊の知り合いから聞いたんですけど、3・11以降は、震災のあとは、いろんな国が日本の領空を侵犯しているんですって。

寂聴 日本という国がどれくらい弱っているかを確かめてるのよ。

さだ そうそう。だから、ちょっと弱りかかっているゾウのずっと周りにコヨーテだとかそんなものがワーッといる、ハゲタカとかこのへん止まっちゃってるって意味で、そういう感じなんでしょうね、弱いもんね、日本は。

寂聴 なんか呑気（のんき）なのよね。

さだ　日本の若い人たちは兵隊になったこともないし、縦社会っていうのは会社しかなかったんだけど、その会社組織そのものも年功序列が崩壊して終身雇用が崩壊してから、縦社会が一切消えたでしょう。若い男は草食系で性欲まで弱くなっちゃって、中年のオジサンとオバサンは韓流に夢中で、年寄りは公共心を失って……、いったい日本はどうなってしまうんだろうって思いますね。

司会　それは寂聴さんがおっしゃったように、強い日本を解体しようとしたＧＨＱの戦略が当たったということなんですかね。

さだ　そういう面はあるでしょうね。アメリカのせいばっかりじゃないけれど、自分たちで選んだ部分もあるけれど、それにしてもいつまでもこのままでいいわけがないですもんね。やっぱり二〇一三年安保かなあ（笑）。

寂聴　[*36]小田実（おだまこと）みたいな人が出てきたらいいのにねえ。

さだ　ああ、本当ですね。本当にああいう方がね。

寂聴　一人もいないでしょう、そういう人が。

さだ　そうですね、本当におっしゃるとおりですね。思想的なリーダーがいないですね。

寂聴　そう。

さだ　今度の原発の問題だって、小田さん生きてたら怒ったでしょうね。

寂聴　怒った、怒った（笑）。あの人ならきっと、頭から湯気立てて怒ったわよ。

さだ　愛国者って、ああいう人を言うんでしょうねえ。

028 その前 対談後の雑談。

寂聴　あのときも言ったけど、対談集っていうのはね、どんなに面白くても売れないのよ。見城[*37]さんに、売れないと言ったんですよ。そしたら彼は、だから何か工夫するって言ってた。どんな工夫をするか知らないけど、どうせやるなら売れたほうがいいね。

さだ　そりゃそうです。

寂聴　だって売れない本はよそでいっぱい出してるから、一緒に出すならやっぱり売れてほしい。

さだ　だってね、話を聞いててこの世代の男どもが頷いて、感動して、納得してるんですから、これはみんなに聞かせたいよね。

寂聴 見城さんは何か考えてるんですよ。何かそのアッということを考えてるんですよ。

さだ 僕は二十代、三十代の坊主を集めて保存会を立ち上げます。瀬戸内寂聴保存会（笑）。

寂聴 保存会って（笑）。

さだ なんか地域の伝統芸能みたいなものです。まあ、シャレでね、瀬戸内寂聴保存会って僕一人で言ってんですけど。このやっぱり稀有な存在は守っていかないとダメですよ。まだお元気でこうしてどんどんどんどん自分の中から溢れるように言葉が出てくるときに、今聞いとかないともったいないです。で、若い人たちに、その入り口として僕はもう本当に聞かせていただく役をさせていただいて、もうさまざまに伺って、若い連中とのつなぎを僕ら一番やらなきゃいけない年代だと思います、本当に。

司会 鎌倉仏教じゃないけど、平成仏教の新しいうねりを。

さだ 本当にそう。新しいうねり。宗派を越えた新しいうねりが必要です。

寂聴 そう。宗派を越えたほうがいいの。

さだ 宗派を越えた一つの大きな、浄土宗であろうが真言宗であろうが、それは別にいいじゃないですか。

寂聴　そうです。南無の会[*38]というのが何宗でもよかったのよね。

さだ　寂庵という一つの柱があれば。寂聴さんがおやりになれば、宗派とか関係ないっていうのわかってもらいやすいです。

寂聴　うちはだって、単立寺院だから何をしてもいいの。

さだ　若い坊主集めましょうよ。若い二十代、三十代の坊主集めて。若い子たちの、逃げ場所を作りましょう。「そうだ、お寺行ってみよう」ってなるように。NHKのドキュメンタリーでやってた無縁死[*39]の問題ってあるでしょ。要するにアパートで一人で死んじゃってますけど、それは一人で死んじゃっただけじゃなくて、誰もその人の面倒を見る人がいない。いても、探して行っても、「いや、もうそれは絶縁したから」とか、「いや、もううちのお墓には入れない」とかっていうような人が都会で孤立して死んでいくでしょ。それで、なんか富山のほうの高岡かどこかのお寺が、その無縁死をした人のお墓を納骨堂に納めて引き受けてくれる。それゆうパックで送ってくるんですって。お骨をゆうパックで送ってきたやつをご供養してるお寺もある。
だから、もう本当これから生き死にの問題とか、それから、今みんなが悩んでる心の問題を解決してくれるのは、やっぱりおじいちゃん、おばあちゃんじゃないと。

そのおじいちゃん、おばあちゃんの声をどう増幅して若い連中に伝えるかっていうのは、俺たちの世代の仕事だと思います。そのきっかけとして、瀬戸内寂聴という、稀有な存在があって。これからの子にこんな経験、「八十九年かけてこの経験しろ」ったってできないんだから。だから、もう本当これもったいないですよ。大事にしていきましょうよ。というようなことで、ぜひ引き続き。

寂聴 一つ聞きたいことがある。さっき、前頭葉が恥を知ると言ったでしょ。たしかに前頭葉って大事なのね。で、右と左と違うの?

さだ 違います、まったく違います。

寂聴 どっちがどっちがどう?

さだ 右脳が情緒的なこととか芸術的なことをつかさどるって言われてますね。

寂聴 それで左は?

さだ 左脳は論理とか計算じゃなかったかな。

寂聴 私ね、このあいだ転んで、それで、ここをバーンと打ったんですよ。左を。

さだ あ、危ない。もう気をつけてください。

寂聴 それから頭がよくなったの(笑)。

さだ (笑)本当ですか、それ。

寂聴　本当に。本当に。もうこれバーンと打ってね、それで、いやだな、どうしようと思ったの。そしたら、だんだんだんだん痛くなって、こんなに腫れてね、これは困ったなと思って。

さだ　それは数学的な脳が刺激されたんです。

寂聴　私、バカになるんじゃないかと思ってね、恥ずかしいから人に内緒にしてたんですよ（笑）。それから何だか頭がよくなってね、頭が冴えかえってるの、今（笑）。左脳でよかった。私、情緒的なほうはもう十分だから（笑）。

さだ　情緒過多ですもんね（笑）。

寂聴　はい、情緒過多なの。ところが、その数学的な論理的なほうが弱かったの。それがね……。

さだ　論理的なの弱かったんですか。

寂聴　弱かった。

さだ　だって成績よかったんでしょ？

寂聴　成績はよかったけど。

さだ　もともと頭いいんですよ。

寂聴　頭はいいの。だけどね、それは要するに平均点を取るっていう。優等生コンプレックスだったの。

寂聴　贅沢なコンプレックスですね。

さだ　だけど、優等生ってなんかいやだったの。だから、何か一つに秀でたかった。それで小説を書くことになったんですけどね。これ本当、脳を打ったら絶対何かある。

寂聴　みんなでぶつけてみようか（笑）。

さだ　痛かったわよ、そのとき。

寂聴　それきっと、仏さまがくださったんじゃないですか。

さだ　そうかもしれない。

寂聴　もうちょっと働けってことで（笑）。

さだ　あなたも怠けてちゃダメよ。

寂聴　寂聴さんがそうおっしゃるなら、まだ一働きしないと。

さだ　一働きなんて、とんでもない。三働きも、四働きもしてもらわないとね。あなたまだ五十九歳でしょう。

寂聴　わかりました。いやあ、なんだか今日はいっぱい元気もらったなあ。寂聴さんとお話ししてると、本当に元気が湧いてくる。この元気をみんなにも分けてあげたい。

寂聴　私も、面白かったです。ありがとう。
さだ　ほんとに、楽しかった。

029　その後　最後の雑談。

さだ　お一人で病室におられて、ご不自由だったりお寂しかったりすることはないんですか？
寂聴　いや、寂しいなんてもうどうでもいいの、とにかく痛くてね。
さだ　あ、痛かったんですか。
寂聴　そう、ただもう痛いんですよ。
さだ　圧迫骨折……痛いだろうなあ。
寂聴　でも人間ってしょうがないんですよ。そのとき痛くても、今どれくらいだったか思い出せないんですよ。
さだ　痛みの記憶……。

寂聴　だから痛みの記憶がないから子供を次から次へと産むんですよね。

さだ　なるほど。それはわれわれにはわからないな。

寂聴　二度といやだと言いながら、次産んでるでしょう。だからあれはね、痛みや苦痛を忘れるんですよ。あのね、辛いことも忘れますね。だから人間の記憶っていうのはいい加減なもんですよ。

さだ　それ、女性だけじゃないと思う。うれしいことだけ覚えてる。男もそうだと思いますよ。痛みの記憶ってあんまり覚えてないね。忘れられるって才能なんですね。

寂聴　そうです、才能なの。忘却って才能。

さだ　覚えてたら生きていけないですもんね。

寂聴　人間に忘却の才能を与えてくれたのは神仏の恩恵であると同時に劫罰(ごうばつ)ね。忘れてならない大切なことも忘れるのは劫罰ですよ。

さだ　いいなあ。深い話がいっぱいありましたね、今日も。楽しかったですね。

＊35 宮崎奕保禅師　一九〇一年～二〇〇八年。曹洞宗大本山永平寺第七十八世貫首。
＊36 小田実　一九三二年～二〇〇七年。作家、左翼運動家。
＊37 見城さん　幻冬舎社長・見城徹。
＊38 南無の会　特定の宗派にとらわれず、仏教の一般的な考えを学ばせる任意団体。
＊39 無縁死の問題　二〇一〇年一月ＮＨＫスペシャルで放送された「無縁社会～〝無縁死〟3万2千人の衝撃～」。

文庫版あとがき　瀬戸内寂聴

『その後とその前』という題の「その」というのは、あの東日本大震災と大津波、引きつづき突発した福島の原発事故の大災害のことです。それが起る前と、後では、われわれ日本人は、どう変ったのでしょう。

直接、被害を身に受けた人々と、ニュースとして、それを知らされただけの人々の、受けたショックや被害の深刻度には甚大な差があります。私はその時、背骨の圧迫骨折という病気になり、医者に半年安静に寝ていろと命じられ、入院していた病院から戻り、京都嵯峨の自分の侘居の寂庵で、ベッドにしがみついていました。

五ヶ月、病床生活をつづけ、あと一ヶ月で医者のいう半年の満願だと喜んでいた矢先に、突如として、あの大地震を知らされたのです。引きつづいて福島の原発異変のニュースが報じられた時は、反射的にベッドからすべり下り、すっくと立ち上っていました。原発ショック立ちと私はこの状態を名づけています。大正十一年（一九二二年）五月十五日生れの私は、この時満八十八歳でした。とうに死んでいても不思議ではないれっきとした超高齢者です。ついに足腰の不自由になったお婆さんです。五ヶ月も病床にしばりつけられながら、私は自分を老人ともお婆さんとも思ったことがありませんでした。背骨は必ずくっつくし、私はまた人より速く大股でせかせか歩きながら、好きな小説を書きつづけるだろうと考えていました。つまり私は本来のんきで陽気な性質だったのです。五十一歳で出家して以来、益々向日性の性格は度を益し、佛縁でめぐりあったお釈迦さまに身も心もあずけて、好きな生活を押し通してきました。

お釈迦さまは「この世は苦だ」と恐ろしいことをおっしゃっていますが、その一方で、亡くなる前には、

「この世は美しい
人の心は甘美である」

とも言い残されていらっしゃいます。

現在私は九十三歳になっています。あの千年に一度といわれた大災害の時からあっという間に四年も過ぎているのです。そしてまた私は四年前と同じ病気になり、丁度一年間も病床生活を送らされてしまいました。その間にも親しい友人や知人が次々亡くなっていきました。それなのに、なぜか私は死に損なって生き残っています。

そこへ、四年前に出版した「さだまさし」さんとの対談集が文庫になるという報をいただきました。元の本が売れなければ、文庫にはなりません。文庫になるということはとても嬉しい有難いことなのです。今度改めて読み返してみて、この本の魅力は、さだまさしさんの広い温かなしかも情の濃いお人柄のせいが大きいと気づきました。あのさりげないそれでいて愛にあふれたさだ充さんの歌いっぷりが、この対談集の中にもいきいきと弾んでいます。

さださんとゆっくりお話出来てわかったことは、さださんの歌の魅力は、さださんの心の温かさのせいだということです。さださんは心に愛のあふれている方です。「生きることは愛すること」だと信じこんでいる方です。同じように人生を考えている私と気が合うのは当然でした。これまでにずいぶん多くの人々と対談しましたが、さださんとの時ほど気の合った話しあいはありませんでした。

私は、自分の心のボタンをすっかりはずして、本気で話しあいました。

あの事件のあと、私は車椅子を使いながら、被災地へ慰問に出かけました。そこで知り合った人々と、今もつきあっています。また若い人たちが沢山慰問に行っているのにも出合い、友だちになりました。

最近また、火山が爆発したり、大水が出たりして不安な事故がつづいています。火山列島の日本に原発が次々再開されようとしているのも怖い話です。私たちは政府の言いなりにならずに、自分で自分の生きていく幸福を守らなければなりません。この対談が文庫になり、多くの人々に需め易くなり、読まれることを祈っています。自然の災害には待った！　がありません。

文庫版あとがき　さだまさし

普段から尊敬申し上げ、また、憧れの人でもある寂聴さんとゆっくりお話が出来たことはこの上ない幸せな時間でした。

それにしても『その後とその前』とは重い、重いタイトルですね。

実際にこの国で起きた千年に一度という大災害の前と後とに、寂聴さんにお目にかかれたのは幸せでした。

心や身の置き所の無い「苦しさ」と音楽家としての「無力感」とに苛(さいな)まれていましたので、寂聴さんの大きな心に包まれて救われました。

生きるということは「苦しいこと」なのだということを発見してくれたのがお釈迦(しゃか)様です。

そのお陰で救われた人が沢山います。

ともすれば我々凡人は「楽しく生きる」ということと「人生は楽しい」ということは全然違うことだと気付きません。

なので「人生は楽しいはずだ」と勘違いすることで、我が身に起きた不幸を逆恨みするようなことが起きてしまいます。

人生は楽しいはずなのに、何だか毎日が困難で、何故自分だけがこれ程苦しい思いをしなければならないのかという思いに苛立ち「こんなはずでは無い」と、己の運命を哀しみます。

それなのに何故あいつは何の苦労もせずにすいすいと生きているのだろう、などと他人の見えない苦労や実情など想像出来ず、傍目(はため)だけの視線で誰かを恨み、楽しそうに生きる人を呪うようになって、己を更に不幸の底に追い込んでしまうこともあるようです。

だが逆にこの、お釈迦様の発見した「生きることは苦しいこと」というのを『前提』に生きてみると、確かに苦しいけれども、時々意外な楽しみや愉快なことに出合う、つまり「まんざらでもないじゃないか」と思うようになります。

生きる上での、この両者の差は大きいですね。

「こんなはずでは無かった」と「まんざらでもない」。

実は、生きるということはほんのささやかな考え方で大きく変わって行くもののようです。

僕はそういうこともこの対談で教わりました。

天国と地獄という考え方がありますね。

善い人は天国に召され、悪人は地獄に落ちる。

子どもの頃からずっとそう言われてきました。

きっと誰もが善人と呼ばれて天国へ行きたいはずで、悪人と言われて地獄へなど落ちたくはないのだろう、と。

善悪二元論は元々「私の神」が基準でした。

「私の神」を信じるものは善であり、敵対するものは悪である。このことが多くの宗教対立を生み、争いを生んできました。

このことにも寂聴さんは明快な答えをお持ちでした。

「善人しかいないような場所なんて退屈でちーっとも面白くないわよ。有象無象の悪人のいる場所の方がよっぽど面白いじゃないの」

胸のつかえが取れるような言葉でした。

本当は悪人なのに時々善いことをすることがあり、本当は善人なのについつい悪事に手を染めてしまうことがある。

これが世の中というもので、だから人生は面白くて、哀れで、滑稽なのだと池波正太郎さんも、幾度も書いていますね。

即ち人は己の胸の中の思いこみによって幸福にもなり、不幸にもなるということです。人を救うものは知恵であり、知識であり、それらはまたその生き方によって得られもし、失いもするということですね。

僕らの頭脳は本来そのために使われるべきであると思います。


東日本大震災から既に四年以上が経過しましたが、着々と少しずつ復旧、復興を始めている町があり、何一つ変わっていない町がありますが、総じて遅々として進まないというのが現状です。

その原因を懸命に突き詰めて行くと、それは『平等』という単語の『誤解』に行き当たります。

『平等』という実に曖昧でややこしい単語は、行政にとって魔の呪文となり、その呪縛によってすっかり自らの動きを鈍らせています。

何かしようとすれば『平等』という呪文が係員の心を縛り付け、動きを止めて、大胆な、或いは人の義として正しく行うべきことが何一つ出来なくなってしまうのです。

では『平等』とは一体何でしょうか？

一つの『問い』があります。


百人が避難しているある避難所に八十個のインスタントラーメンが届けられましたが、そこのリーダーは受け取りませんでした。

そのリーダーの考え方はこうです。

百人いるところへ八十個持ってくるというのが非常識である。

どうやって百人で八十個を平等に分けられるのか？ と。

確かに計算上ではその通りですが、「平等」とはそういうものなのでしょうか。

では七十人が暮らす避難所にショートケーキが九十個届いた場合、どのように『平等』に分けるのでしょう？

まずは全員に一つずつ配ることから始めるのでしょうが、そのなかに糖尿病の人が居たらどうするのでしょう。

そして残り二十個をどのように七十等分するのでしょう？

この『問い』は藤原和博という僕の大切な友人が、地震直後に宮城に支援に入り、現場から血を吐くような思いで僕にくれたメールに書いてあった『問い』です。

藤原和博はこのメールの最後にこう書いていました。

「この災害で日本人が本当の『平等』を学ぶことが出来なければ失われた命に申し訳がたたない」と。

真のリーダーには、自分の配下の誰が、どのように、何を求め、何に困り、何が出来て、何が出来ないのか、を把握する『能力』が必要だと思います。

その人の采配によってみんなを生かそうとするならば、『平等』というものの使い方も知るべきでしょう。

ましてや大災害にあっては子ども、老人、女性という、弱者をまず護らねばなりませんね。

本来の『平等』とは、一番必要な人を先に、待てる人は後に、ではないでしょうか。

怪我人を助けようとする時に、はっきりとそれは示されます。

重篤な怪我人が先、我慢出来る怪我人は後、です。

『平等』とはそういうものであるはずですね。

ともあれ、現場の人々には現場の苦しみがありますから単純に決めつけてはいけません

が、少なくとも正しいリーダーの居ない場所では『平等』とはそれほど難しいことなので
す。

「その後とその前」

僕にとっても大きな大きな出来事でした。

温かで、大らかで、飄々とした、それでいて凛とした日本の最高の女性、寂聴さんと向かい合えたこの本が少しでも誰かの生きる苦しみへのヒントになったら幸せです。

僕も温かで、大らかで、飄々と、しかし凛とした爺さんになりたいものだ、とこの対談を終えて後、新しい使命を戴いた気がしています。

それぞれが、それぞれの哀しみや苦しみの中で生きています。

しかしその中にもそれぞれの喜びや楽しみも潜んでいるはずです。

自分を騙し、或いは説得しながら「苦しい」人生を「楽しく」生きて行こうじゃありませんか。

それが寂聴さんから教わった大切なことです。

この作品は二〇一二年二月小社より刊行されたものです。

その後とその前

瀬戸内寂聴　さだまさし

平成27年8月5日　初版発行

発行人――石原正康
編集人――袖山満一子
発行所――株式会社幻冬舎
〒151-0051東京都渋谷区千駄ヶ谷4-9-7
電話　03(5411)6222(営業)
03(5411)6211(編集)
振替00120-8-767643
印刷・製本―中央精版印刷株式会社
装丁者――高橋雅之

検印廃止
万一、落丁乱丁のある場合は送料小社負担で
お取替致します。小社宛にお送り下さい。
本書の一部あるいは全部を無断で複写複製することは、
法律で認められた場合を除き、著作権の侵害となります。
定価はカバーに表示してあります。
Printed in Japan © Jakucho Setouchi, Masashi Sada 2015

幻冬舎文庫

ISBN978-4-344-42373-2　C0195　さ-8-10

幻冬舎ホームページアドレス　http://www.gentosha.co.jp/
この本に関するご意見・ご感想をメールでお寄せいただく場合は、
comment@gentosha.co.jpまで。